出自第 1 集〈戰爭或和平〉

出自第 1 集〈戰爭或和平〉

出自第 3 集〈On Air〉

出自第 3 集〈On Air〉

出自第 10 集〈破膽行動〉

出自第 10 集〈破膽行動〉

出自第 10 集〈破膽行動〉

出自第 10 集〈破膽行動〉

出自第 5 集〈兩岸密屍〉

出自第 5 集〈兩岸密屍〉

出自第 7 集〈海倫仙渡師〉

出自第 7 集〈海倫仙渡師〉

出自第 8 集〈反分裂家庭〉

出自第 8 集〈反分裂家庭〉

出自第 8 集〈反分裂家庭〉

出自第 8 集〈反分裂家庭〉

出自第 1 集〈戰爭或和平〉

出自第 1 集〈戰爭或和平〉

出自第 2 集〈蛇仔〉

出自第 3 集〈On Air〉

出自第 4 集〈Mind Fuck〉

出自第 6 集〈金紙〉

出自第 7 集〈海倫仙渡師〉

出自第 8 集〈反分裂家庭〉

出自第 2 集〈蛇仔〉

出自第 2 集〈蛇仔〉

出自第 2 集〈蛇仔〉

出自第 2 集〈蛇仔〉

出自第 4 集〈Mind Fuck〉

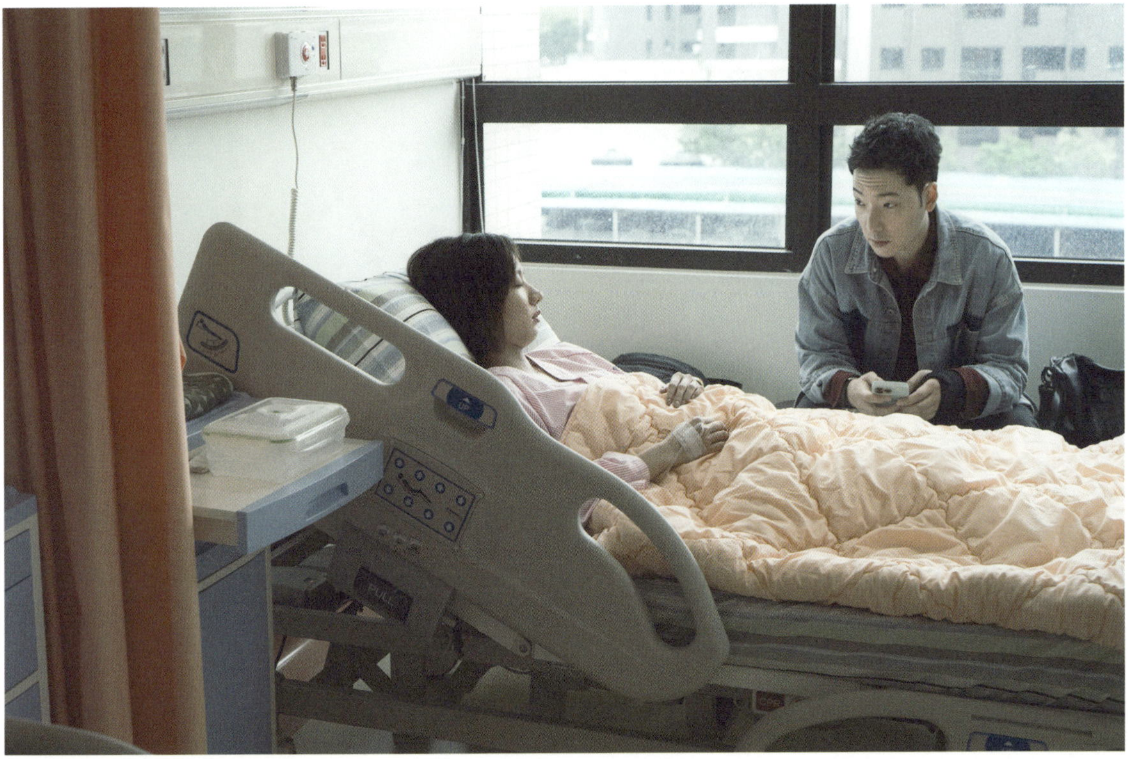

出自第 4 集〈Mind Fuck〉

出自第 4 集〈Mind Fuck〉

出自第 4 集〈Mind Fuck〉

零日攻擊

ZERO DAY ATTACK

改編小說

小說作者：海德薇、李奕萱、四絃、浮靈子

劇本原創：鄭心媚、蘇奕瑄、許世輝、丁啟文、鄭婉玭、黃鵬仁、林志儒

零日攻擊

ZERO DAY ATTACK

改編小說

CONTENTS

STORY 1
站哨的人・海德薇 5

STORY 2
末日下的選擇權・李奕萱 51

STORY 3
回家的路・四紘 99

STORY 4
一念之間・浮靈子 141

STORY 1

站哨的人

作者・海德薇

零日攻擊
ZERO DAY ATTACK

零日攻擊
ZERO DAY ATTACK

一、大膽島

大膽島的夜晚總是靜得過分，風從海上吹來，裹著鹽味，也裹著沉默。晚上九點多了，海面晦暗不明，星星竊竊私語，彷彿哪兒都沒有隱私，添仔想跟女朋友小鳳講電話，還得躲到無人的角落裡。

「老婆我好想你。」添仔抓著手機壓低聲音，幾乎快要和風聲融為一體，「夜市客人多嗎？」

「你說咧？你爸穿護腰顧滷肉和肉羹湯，你媽招呼客人到聲音沙啞，阿弟、阿妹放學也過來幫忙。我整個晚上走來走去送餐，腳痠得要命，又熱得要死，妝都融化了。」小鳳說。

添仔嘴角扯了一下，笑得苦澀：「等退伍存夠錢，我把家裡攤位升級，裝兩台冷氣，再請兩個工讀生，讓妳當漂漂亮亮的老闆娘。」

「我要當新娘。」小鳳嘟噥。

「好，我們在滷肉飯招牌前面拍婚紗。」添仔笑開了。

「神經病，你還不膩？」小鳳罵他，聲音裡卻有笑意。

那一端突然傳來小孩的吵鬧聲，是阿弟和阿妹的聲音，搶著要講話。

「我也要跟大哥講話。」阿妹的聲音尖細又黏膩，「蘇永添你什麼時候放假？我要你帶我去吃冰。」

「我要玩具槍。」阿弟在旁邊吼，「跟你當兵一樣的那種，要大的。」

添仔笑得更傻了，「好啦，都買，大哥回來帶你們去買整箱的。」

他坐在冰涼的地上，手機靠著耳朵，彷彿隔著那一方小小螢幕就能伸手回到夜市的那個角落，站在燈光閃爍、人聲鼎沸的巷弄裡。小鳳那熟悉的語氣、阿妹的撒嬌、阿弟的胡鬧，還有遠遠傳來老爸對客人複誦「三碗滷肉飯、兩碗肉羹湯」的嗓門，全都在他的腦海裡復現。他甚至能聞到滷汁香，那是家的味道，是他熟悉的一切。

但這裡是大膽島，離家幾百公里的邊防哨站，他身後不遠就是沉默的彈藥庫、封存的老砲塔與生鏽的防空槍，四周都是潮濕的牆壁與鹽巴侵蝕的鋼鐵。

海風吹過迷彩的牆角，吹得他手背發涼。他經常想家，想念氣味混雜的夜市，想念一家六口蝸居的小公寓，狹窄卻熱鬧。他睡在最上層的鐵架床，每次翻身都會讓床架咯吱作響，吵醒整屋的人，但他仍懷念那樣的擁擠。唯有聽聽家人的聲音，添仔才不會感覺自己被這座孤島吞沒。

「添仔，你還在聽嗎？」小鳳在電話那頭喚他。

「在啊。」他柔聲回答，眼睛盯著遠方那片黑到沒有邊界的海。

「你那邊風好大喔。」小鳳說，「聽起來好冷。」

「冷是冷，但聽到妳的聲音就溫暖了。」

「噁心。」小鳳又笑，「會被你冷笑話凍死。」

添仔沒說話，只是靜靜地聽著她笑。

不遠處，說話聲伴隨急促腳步踩著砂礫而來，添仔認出連長的嗓音，厚實的北部腔。

「不說了。」添仔匆匆掛斷。

「什麼叫做莊柏甫失蹤了？大膽島就芝麻點大，還能跑去哪？」連長像是冒煙的火車，語速卻一節快過一節。

添仔一驚，發現連長口中所說的，是他耳朵不該聽的，更縮起身子藏進陰影裡。

「綁架個屁，趕快查清楚。還有，謹慎處理，封鎖消息，不要驚動大家。」連長壓低音量。

「失蹤、綁架」這幾個字在添仔腦中炸開，他忽然想吐。直到連長的背影消失許久，添仔仍僵立原地，腳像生了根，腦中亂成一團。

他回想起最近亂七八糟的新聞標題，試圖從中理出頭緒。

自從總統大選當天，投票所發生爆炸案後，全台便瀰漫著一股不安氣氛，連軍營裡都拿猜嫌犯當茶餘飯後的話題。添仔對政治毫無興趣，可是同寢室好友阿明對時事熱衷，跟添仔說炸彈客就是要給總統候選人王明芳市長好看，還說宋崇仁總統如果前往小北約演說，絕對會激怒對岸老共。

阿明講的那些，添仔沒興趣，他只知道當初自願到離島當兵，只是圖一個外島加給，想著每月能發零用錢給阿弟和阿妹，就糊裡糊塗簽下去，他壓根不曉得大膽島在地圖上的哪裡。

當他發現，大膽島號稱「前線中的前線」，與廈門距離僅四千四百公尺，抱著游泳圈游兩下就到了，相對來說台灣本島還離得比較遠的時候，一切都來不及了。

說來荒謬，添仔在大膽島駐兵，卻從沒想過真的會打仗。兩岸戰事喊了那麼多年，向來是雷聲大雨點小，水鬼則是八二三炮戰那年代的故事。他的父母在夜市擺攤，認為反正無能為力，國家大事留給總統煩惱，小人物過一天算一天就好。添仔跟父母一樣，對台海危機無感，只想在離島涼涼混日子，可不想上戰場當砲灰。

他低頭重新打開手機，螢幕一閃一閃，小鳳傳來幾張照片，是店裡的生意照，一張小鳳穿圍裙端著熱湯，另一張是阿妹和阿弟勾肩搭背衝著鏡頭扮鬼臉，還有一張是老爸和老媽顧攤位的照片，兩人汗流浹背。

添仔盯著照片看了很久，彷彿那不是一張平面圖檔，而是一扇立體的門，可以讓他穿過風聲、穿過夜色、穿過這乏味的軍旅生活，一步步回到熟悉的街口。

銀色月輪下，白底紅字標語「大膽擔大擔，島孤人不孤」靜靜佇立於大膽碼頭上。添仔不禁煩惱起來，台灣海峽是否將不再平靜？

添仔腳步虛浮地走回寢室，軍靴踏在水泥地板上，剛剛偷聽到的話像釘子一樣深深釘進他的腦袋裡，拔也拔不掉。

推開寢室的門，一股混雜的味道迎面而來，菸味、腳臭、樟腦丸、還有一點溫熱的體味與怪怪的金屬生鏽味，所謂男人味吧，這就是他住了快半年的地方。

燈光昏黃閃爍，天花板的風扇轉得不快不慢，幾個新兵在打掃，老鳥躺在床上滑手機，有一搭沒一搭閒聊。

「添仔回來囉，電話打爽沒？」大毛嚷嚷。

「小鳳有沒有跟你說，她穿了我們送的那件睡衣？」隔壁床的胖子問。

一陣哄堂大笑，有人故意吹口哨，還有人拿枕頭往添仔丟，叫他「色鬼仔」。

唯獨添仔笑不出來，他悶不吭聲地走到自己的床鋪邊，一屁股坐下，開始慢吞吞脫軍靴。鞋帶打了死結，他手指發抖，扯了半天才解開，白襪子濕了一圈，腳趾縫間隱隱發癢。

「看他臉超臭的啦，被小鳳甩啦？」大毛說。

「幹你該不會是跟小鳳視訊，褲子脫到一半手機沒電？」胖子問。

這句話一出，整間寢室瞬間再次爆出笑聲，大毛笑到猛拍床。阿明沒有跟著笑，只是靜靜地端詳添仔。

忽然砰地一聲，添仔把靴子朝牆角一踹，鞋頭撞上鋼櫃發出金屬震響。笑聲戛然而止。

「算了，不要管他啦。」大家你看我、我看你，沒人敢再開玩笑。

阿明拉起蚊帳，蹭一下從上鋪跳下來，一屁股坐到添仔床邊，「怎樣啦？大家開個玩笑而已。」

添仔盯著地板，許久才抬起頭，喉結動了動，低聲說：「出去講。」

兩人默契十足地走到寢室外的轉角，那裡是靠近水塔的地方，燈泡閃爍，牆邊濕漉漉的，有一股青苔的味道。夜晚的冷風從山頭吹下來，帶著鹽味與青草味。

添仔手在褲袋裡摸索，掏出兩根香菸，顫抖地幫阿明點火，又點了自己那支。火光一閃，映出添仔疲憊的臉，黑眼圈都出來了，下一秒又迅速被黑暗吞沒。

他深吸一口，把尼古丁吸進肺裡，一種不確定的安定感蔓延開來。

「記得你剛調來的時候嗎？」添仔聲音有些沙啞，「你跟伙房吵架那次。」

阿明也吸了口菸，不說話，只是默默點頭，眼眸眺望遠方的暗影。

「那天晚餐是魚鬆炒高麗菜，你吃了一口就吐出來，當場端著餐盤衝進伙房，大吼說『這是給狗吃的嗎？』」添仔笑了笑，煙霧從嘴角漏出，飄得亂七八糟。

「媽的，那魚鬆臭得像死老鼠。」阿明冷冷哼了一聲。

「我知道你是有正義感啦，可是誰不知道你哥是上頭的大紅人，伙房那些老鳥哪敢真跟你吵？你一來就罵人，廚房那些人背地裡都叫你『吳少爺』。」

「我不管什麼少爺，我只想讓大家吃正常的飯。」

「你知、我知，伙房兵也知。」添仔嘆氣說，「可是你剛來可能不清楚，那批魚鬆是金門送過來的庫尾貨，標籤都掉了，問題是颱風天船沒來，沒菜了，只好硬煮出來湊數。」

「後來我知道了，小蔡氣得說要找連長告狀，是你請他喝酒擺平，幫我講話。」

「還帶你去幫忙洗鍋子。」

「還想逼我穿圍裙。」

「你死不肯穿，結果全身都弄濕了。」

兩人同時笑了，笑聲短暫，像石頭丟進水潭，只激起一圈輕漣，接著又陷入沉默。阿明察覺到不對，等著添仔開口說。

添仔咬咬牙，緩緩說：「你欠我一次。」

阿明側過臉，眉頭皺了起來，「你想講什麼？」

添仔吸最後一口煙，把煙屁股捻熄在牆角，看著阿明說：「我想回台灣，你哥一定有門路，幫我調回本島，這次……換你幫我。」

阿明愣了幾秒，「你為什麼突然……」

「莊排……失蹤了。」添仔低聲說，語氣幾乎聽不見，「我聽到連長講的，說有可能是被抓走……」

阿明身體一震，立刻轉頭盯著他，「你說什麼？什麼時候失聯的？我去問連長。」

「你不要問那麼多啦。」添仔慌了，伸手拽住阿明的手臂，「你這樣衝出去，別人就知道我偷聽了。我不想惹麻煩，我只是……這裡是大膽島，我不想跟莊排一樣。」

「你跟我一樣是自願來的，當初你選這邊，想要當個爽兵，現在覺得這裡危險，就準備棄島開溜了？」

「你就幫我講一下，說我家裡有事，什麼理由都行……」

阿明一把甩開他的手，火氣一下子湧上來，「我剛來的時候，覺得你是個講義氣的人，沒想到我看錯了。」

阿明的眼神裡不再只有震驚，而是失望，一種刺痛的、說不出口的背叛感。

添仔臉紅了，想反駁什麼，嘴唇動了幾次，卻一句話都說不出來。

二、戰或逃

雲湧風起，滾滾雲浪壓在大膽島上空。

正午的陽光穿透雲層，灌向水泥地面，夾雜著潮濕海風，整座島曝曬在太陽下時覺得熱，偶爾白雲蔽日，溫度又似是一下子被抽走，涼得讓人起雞皮疙瘩。

廚房冒出青煙，雜陳的氣味散逸，伙房兵個個汗流浹背，衣服濕得像剛泡過水，拿著長柄鍋鏟大力翻炒，熱油噴濺，滴在膚色已曬得焦黑的前臂上也沒人哼一聲，彷彿早已麻木。

添仔走進營舍餐廳時，一股更濃烈的味道鑽進鼻腔，是蒸飯混合著罐頭滷汁、洗碗精與濕抹布的氣息，再加上一票臭男人汗漬堆疊的氣味。添仔端著餐盤，默默走到角落一張靠牆的桌邊坐下。

餐盤裡是一根滷雞腿，雞皮顏色深褐，油亮但不飽滿，像是冷凍過回煮的成品；玉米炒蛋黏成一團，豆乾切得厚，橡皮般的質地讓人咬不動；海帶湯則清得可以照鏡子，只看到幾絲漂浮的綠葉和一條兩細薑絲，一切再熟悉不過。

平時添仔是不挑食的，但今天，他卻呆坐著半晌，拿筷子在白飯與豆乾之間猶豫翻弄，連第一口都吞不下。

身邊的兵們熱絡地聊著天，聲音喧鬧。

「聽說補給船又要延後，這第幾次了？」有個聲音從後頭傳來，語氣懊惱又無奈。

「那不就要再吃好幾天罐頭？拜託，我真的會吐出來。」

「還好啦，這種滷汁吃久了也有感情。」

「你是滷到腦袋壞掉了吧？」

大家一陣訕笑。添仔仍埋著頭，拿湯匙舀了口湯，含進嘴裡覺得比自來水還寡淡。他吞下去，只覺得胃像被什麼東西堵住，悶悶地脹著。

他滿腹心思繞著莊排的事打轉，沒人問起莊排去哪，連值星官也只是含糊說句「調勤務去了」，添仔心知不對勁。

「欸，你們有看到莊排嗎？」添仔故作輕鬆地朝隔桌幾人問了句。

「不知道耶，沒看到。」大毛聳聳肩，嘴巴裡還咬著一口飯。

「休假吧？他很久沒休了，積假一次休個夠，真爽啊。」滿嘴油的胖子正啃著雞腿，「要是我也能休假，回去第一件事就是躺在家裡叫外送，炸雞排配珍奶，全冰全糖。」

「你那是糖尿病套餐吧？」大毛笑罵。

「等我睡到自然醒，要帶我媽去吃一家我想超久的日本料理吃到飽，壽司、生魚片、手捲，吃到胃爆掉。」胖子說。

「我只想吹冷氣打電動。」一個新兵插話。

「你幾梯的？插什麼嘴？」胖子睨他。

「是你家沒人想理你吧，真可憐。」大毛跟著附和。

嘿嘿嘿的窸窣笑聲傳開，有人邊笑邊噴飯，一粒米掛在鼻孔邊，軍中的歡樂樸實無華，自己想辦法找樂子就對了。

添仔強忍著心裡的煩悶，繼續吃飯，但飯粒卡在喉嚨，一口白飯咀嚼十幾下還吞嚥不下。他轉頭看向另一邊，阿明坐在一堆人裡，卻像個孤島，一聲不吭，專注於眼前的餐盤。

「欸，大毛，」胖子突然轉向添仔，壞笑著開口，「你說添仔放假要幹嘛？」

「當然是陪小鳳啊，不然呢？」大毛眼神閃著調皮，尖著嗓子學女生的聲音：「喂？老公，人家想你……」

「我懷疑你偷聽他電話啦。」胖子說，「添仔自己講啦。」

添仔被點名，勉強笑了一下，說：「小鳳說想去墾丁看海。」

「又是海？」

「小鳳喜歡就好。」

大毛怪裡怪氣地說：「配啤酒跟比基尼，浪漫喔。小鳳有沒有閨蜜啊？介紹一下？我不挑。」

「人家女生會挑啊。」胖子悶哼。

每個人嘴裡嚼著粗糙的米飯，說著瑣碎的話題，沒人真正關心莊排去了哪。好像那個打呼超級大聲、總會計較誰跟他借了一根菸沒還的排長，不過是多一碗飯、少一副碗筷的存在。

這座島孤懸在邊界線上，卻沒有人警覺，添仔心裡那點說不清的惶恐再次被壓得緊緊的。他瞄向不遠處，一個人默默扒著飯的阿明，盤算起該怎麼說服阿明幫幫他呢？

隔天和再隔天，阿明都對添仔不屑一顧。早點名時，他不再像以前那樣主動提醒添仔鞋帶沒綁好，也不再在全連集合完畢後跟添仔交換戲謔眼神。阿明的臉孔像水泥牆面一樣空白冷漠，添仔若是湊上前講話，換來的不是沉默就是轉頭離開。

站哨時，若輪到他倆同一個崗點交接，阿明乾脆對添仔視若無睹。就連遠遠地看到添仔朝他走來，阿明也會特地繞遠道避開，彷彿添仔是什麼傳染病。

連上兄弟們在拔草，剛剛添仔居然拿著鐮刀若無其事走向他，真是莫名其妙，添仔以為那件事之後，兩人還能跟往常一樣有說有笑？搞不清楚狀況嘛。

阿明很不齒。

阿明生平最討厭臨陣脫逃的小人，嘴巴說得多漂亮，遇到事就縮頭，徹頭徹尾的俗辣。阿明可是把原則時時刻刻貼在胸口的人。

他是自願來大膽島的。

父親生前官拜上校，一輩子在軍中奉獻。阿明還記得，小時候家裡老是換住處，眷村搬了一次又一次，但家裡那面落地穿衣鏡始終如一。每次父親要返回部隊，都會在那鏡子前穿上筆挺的軍服，肩章扣得端正，袖子燙得筆直，每個細節都一絲不苟。他和哥哥小吳坐在一旁，靜靜看著父親像儀兵一樣直挺挺地昂然站立，那個背影，在童年的記憶裡就是英雄，就是男子漢。

父親罹患癌症的最後那年，住在三總的安寧病房，整層樓都充滿藥水與無力的呻吟。阿明還記得他父親明明痛到喘不過氣，卻從不哼一聲，將軍人的風骨貫徹力行到生命的最後一刻。

哥哥小吳大他七歲，從小就像父親，沉穩、內斂，課業成績好，從軍後更是一帆風順，現在在本島的司令部擔任文官，升少校也只是遲早的事。從父親過世後，阿明看著小吳接手照顧家裡，也接手父親軍人的衣缽，心裡那股羨慕與焦躁就像針扎，他討厭被看成是「比較差的兒子」。

唯有請調至大膽島，阿明才能證明他與父親、哥哥一樣是個好軍人，甚至超越父親和哥哥，畢竟論及戰地前線的膽識與擔當，阿明可是沒在怕的。

連續拔完幾個小時的草後，短暫的休息時間，手機像是算準了似的震動了一下。

阿明拿出來一看，是媽媽的號碼。

「阿明喔？吃飽沒？最近怎樣？怎麼都沒有打電話報平安？」吳媽媽的聲音很快就從話筒裡流瀉出來，語速很快，叨叨絮絮，趕著把所有想說的話倒出來。

「有啦，有吃，最近也不操啦。」阿明不耐煩地回。

「媽跟你說，外島太陽很大，要注意防曬啦，別曬到脫皮。我有幫你買那個什麼涼感衣。

水要喝多一點，不要等到渴才喝。」吳媽媽說。

「嗯……」阿明低低應著。

這些叮嚀他聽過上百遍了，他知道母親是擔心，但此刻他的耐性就像一根被繃斷的繩子。

「哥在家嗎？」阿明問。

「在啊，今天休假。」吳媽媽說。

「我有事問他，叫他接一下。」阿明說。

幾秒鐘後，熟悉的嗓音響起。

「喂？」是小吳。

「哥，那個……你有聽說莊排那件事嗎？被綁架的事？」阿明問。

小吳沉默了一下：「時局敏感，別亂講什麼綁架不綁架，內部正在查，現在先對外說是『失聯』。總之，你多注意自身安全，晚上站哨一定要保持警覺，知道嗎？」

這時，電話另一頭突然傳來吳媽媽的聲音：「什麼失聯？什麼綁架？你們到底在講什麼？」

「媽妳聽錯了，不是那樣，妳不要亂猜。」小吳急著解釋。

「你幫你弟申請調回來啦，馬上辦，不然我天天睡不著，飯也吃不下。我就說不要去什麼大膽島……」吳媽媽氣急敗壞。

「妳別這樣啦，好啦好啦，我會想辦法……」小吳無奈地說。

「我才不要回去。」阿明突然大聲說，「我在這邊很好，我不走。」

話筒傳來壓抑的啜泣聲，「我只剩你們兩個了……你們不能出事啊……」

小吳嘆了口氣：「我再看看，不是保證，但我會想想辦法。先掛了。」

阿明瞪著黑掉的手機螢幕，耳邊的風又開始呼呼作響，像是海對岸傳來的莫名挑釁。他站在走廊底，久久沒有動作，眼尾餘光瞥見一抹一閃即逝的人影，樣子看著有點像是添仔。

這天晚上，天還沒完全黑，寢舍的燈剛亮，大毛就像被鬼追似的衝進來，軍靴在水泥地上擦出一連串拖行聲，喘著氣，臉色發白。

「出事了啦，快看手機。」他急急喊出聲。

原本還在閒聊、摺棉被、擦鞋子的幾個人倏地停下動作。

胖子正坐在床邊吃泡麵，麵條還掛在嘴邊，愣了一下才開口：「什麼啦？又在唬爛？」

「老共的運八摔飛機了，掉進東部外海，不信你們看新聞啦。」

「靠，真的假的？」一人驚呼。

添仔也連忙掏出手機，螢幕上正跳出一則新聞快訊。手指一滑進入新聞頁面，添仔盯著標題，一行行字像烙鐵燙在心頭：「一架運八墜毀東部外海，是否涉及軍事衝突未明。」

「有人說不是失事，是我們打的。」胖子皺著眉。

「哪有可能？不過這種時候，打了就打了啊，怕什麼。」阿明哼了一聲，語氣裡全是不屑，卻也摻著一絲不安。

「我媽傳 LINE 給我，說家裡樓下菜市場都在講，對面的可能會藉機報復咧。」大毛說著，手指不停地刷新網頁。

「靠北，這下完蛋，我們這裡最前線咧……」胖子語氣提高，囫圇吞下泡麵。

添仔捏著手機，不知道是冷風還是冷汗讓他全身發涼。這裡是第一線，是炮口下的海上孤島，是第一批會被打死的名單。他想起小鳳的臉、他家的滷肉攤、還有阿弟和阿妹笑嘻嘻的樣子。

小鳳來電，一接起就是抽抽答答。

「我怕啦……你媽也在問你什麼時候回家……我真的很怕啦……」小鳳說。

添仔想說話，喉嚨卻乾得發痛，他的嘴巴張開又闔上，像一尾擱淺在礁石上的魚。旁邊的弟兄們還在討論運八，整間寢室轟轟作響。

大毛信誓旦旦地說，肯定是自導自演。胖子嘲笑運八是淘寶貨，MIC 的東西全都不中用，紙糊的似的，包括軍武，也是大外宣下的產物，能飛起來已經是奇蹟了。

有人低聲笑了一下，笑聲夾雜一絲緊張。

「對面的該不會把運八墜機怪在我們頭上吧？欸，他們會不會藉機會出兵啊？」大毛問。

「要是敢過來，我第一個開槍把他轟飛。」阿明冷聲說。

「人家飛機早就越過海峽中線不曉得幾百遍了好嗎？」另一個人說。

「唉，想那麼多幹嘛？我們又不是三軍總司令，能決定什麼？真的打起來，跑也沒地方跑啊。」胖子把泡麵湯呼嚕呼嚕喝完，用指甲剔牙，說得雲淡風輕，但眼神已經飄遠。

言語交錯成一張密不透風的網，誰也無法逃脫，在這場突如其來的恐慌中，沒有人有辦法預期下一秒會發生什麼。添仔只知道，平常笑鬧打屁的兄弟們，此刻眼神都變了。

「咦，我的網路斷了。」一人突然喊道。

「靠北，我的也沒了，台灣是不是被斷網了？」另一個人回應。

「該不會又是海底纜線被怎樣了吧？」大毛說。

新聞網頁整個卡住，再怎麼重整也沒有更新。添仔發覺話筒中小鳳的聲音也消失了，世界彷彿停頓，一片死寂。

「電視咧？走，我們去看看電視。」大毛說完就往中山室衝，一夥人緊跟其後。

一進中山室，就看到輔導長已經搬了張椅子坐在電視機前，眼神盯著螢幕，臉色沉如鐵。

「輔仔？」

「噓。」輔導長不轉頭，只舉起手示意噤聲。

電視螢幕上原本雪花一片，轉了幾台之後，忽然冒出一個操持普通話的女主播，背景是一面鮮紅的五星旗。

「中國人民解放軍東部戰區針對外部勢力與台獨分裂行徑堅決反制，祖國統一大業不可阻擋，台灣同胞應擦亮眼睛……」

「靠，這是被蓋台了喔？」胖子喃喃地說。

「媽的。」輔導長啪地一聲關掉電視。

「我兵都快當完了，最後幾個月遇到這個?有夠衰。」胖子苦笑著說。

「真的要打起來了嗎？」大毛問。

添仔則是坐在後排，雙眼直勾勾地凝視地板，喃喃說：「我女朋友才剛答應求婚……」

房間裡溫度凍結，空氣像灌了鉛，天花板上的電扇仍在轉，葉片晃晃悠悠地繞著圈，卻吹不散室內沉重的壓力。牆上的時鐘滴答作響，每一下都似是提醒他們，某種倒數已經開始。

沉默中，一聲悶響傳來，是坐在後排的阿明突然起身。

「都講完了嗎？」阿明眼神銳利，停在添仔臉上幾秒，接著掃向其他人。「當初想著領多一點外島加給，日子過快一點，結果現在消息一來，就一個個開始喊倒楣。假如明天真的打仗，你們打不打？」

一時之間，中山室裡鴉雀無聲。

「兄弟們只是隨口講講而已，萬一兩岸真的開打，該做什麼就做什麼，一個也躲不掉，不然當逃兵嗎？」輔導長開口，聲音穩得像錨，往下壓住動盪的情緒。

「對啦，同島一命啦。」胖子勉強擠出一句。

沒想到，添仔卻在這時悶聲笑了，笑聲裡藏著說不清的情緒。

「你怎樣？」阿明瞪他。

「講得好像自己多有骨氣，結果還不是溜最快的那個。你哥要幫你申請調職回台灣，不是嗎？」添仔冷冷地看著阿明。

眾人驚愕的目光落在阿明身上，反應快一些的，諸如大毛和胖子，眼神轉為了鄙夷。

「幹，那又不是我的意思……」阿明氣得整張臉漲紅，衝上前去猛地推了添仔一把。

添仔踉蹌後退，也回推了一下。其他人嚇得趕緊上前拉開他們，場面瞬間混亂。

「夠了！」輔導長一聲大喝，「想被禁假嗎？通通回寢室。」

人群頓時安靜下來，阿明甩開拉住他的手，怒氣沖沖地轉身走出中山室。

添仔沒再動，站在原地目送他的背影，眼底卻閃過一絲報復得逞的快意。

自那天起，沒有人給阿明好臉色看，他成了眾矢之的，彷彿全連的怨氣都有了出口，所有身在軍中壓抑的不滿、無處宣洩的鬱悶和焦躁，突然有了聚焦點。

早上起床號還沒響，寢室一片半夢半醒的靜謐中，就多了幾雙皮鞋「砰、砰、砰！」毫不留情地踢著阿明的床架。

「起來啦，明董，今天要不要吃牛排？聽說你哥送了一箱上來，夠不夠分我一口啊？」

午餐時，排隊的人群焦躁不安，汗水從脖頸一路滑進衣領裡。阿明靜靜站在隊伍中，前面幾個人故意讓開一條縫。

「唉唷，明董先請，你後台硬，我們好怕喔。」

阿明抿著嘴，眼神冷得像結了層霜，背影緊繃得像拉滿的弓弦，隨時可能斷裂。

一群人圍在牆角抽菸，見阿明經過，也忍不住一人一句奚落他。

「怕死講一聲就好，演那麼大，真他媽的丟臉。」

「我也要打電話跟我阿嬤哭哭。」

到了晚上，公共浴室裡蒸氣瀰漫，水聲、打屁聲嘩啦嘩啦拉混成一團，胖子邊洗邊講幹話，不小心一個轉身撞掉了阿明手裡的洗髮乳。

「對不起、對不起，我不是故意的。」胖子連忙鞠躬哈腰，嘴上沒停，「你是不是要叫你哥調我走啊？」

「靠杯喔？」阿明咒罵一句，走向角落最後一間淋浴間。

添仔將一切看進眼裡，卻無法融入這戲謔的氣氛，得意早已消散，只覺得陣陣懊悔。想開口幫他說點什麼，替他澄清，可話到嘴邊，添仔卻一個字也吐不出來。他能說什麼？說「其實是我亂講的」？那不是更糟？又或者說「大家誤會了」？那也只是自欺欺人。

這一切，都是他惹出來的。說什麼都太虛偽了，也來不及了。

三、母與子

北台灣的某個住宅區裡，夜色朦朧，窗外的街燈投射進客廳，柔和的光影在吳家的老公寓裡隱約晃動。寬敞整潔的客廳維持懷舊八零年代的風格，電視櫃擺放了幾幅家人照片：一張是穿著整齊軍裝的丈夫，嚴肅卻帶著溫柔的眼神；另一張則是兩個兒子幼年時的合照，笑得燦爛無憂。牆上還掛著水果月曆，彷彿過往歲月仍在此逗留。

屋內悄然無聲，三間臥室裡有兩間是空的，吳媽媽躺在主臥室偏硬的床上，厚重棉被蓋過半個身體，額頭滲出細密的汗珠，明顯被惡夢折磨。

夢境中，她置身於戰火連天的荒涼沙場，天空中火光四起，炮火轟鳴震耳欲聾，就像她隨老蔣來台的父親口中所說。

吳媽媽見到自己左手握著阿明，右手抓著小吳，卻怎麼也無法將兒子拉回身邊。敵軍的黑影從四面八方湧來，還有慘叫聲，慘叫不絕於耳，壓得她喘不過氣。她驚喊兒子的小名，兩個兒子的手卻化為泡影，從她掌心消逝……

一聲刺耳的炮炸聲驚醒了吳媽媽，她猛地睜開眼睛，呼吸急促，髮際都濕透了。窗外閃爍著煙火的光影，那才是聲響的來源。

她坐起身，心跳還未平復，目光掃過臥室，身邊空無一人。丈夫辭世多年，兩個兒子也都不在家，整個公寓瀰漫著寂寞的氣息。

吳媽媽穿上拖鞋，踱步到客廳倒水喝。冷清的客廳中，那張丈夫穿軍服的照片似乎在盯著她，她心中一陣酸楚，深陷為人母親的憂慮之中。已經失去了丈夫，她不想連兒子也失去，任何一個都不行。

她拿起手機，猶豫了一會，仍撥通了小吳的號碼，電話隨即接通。

「媽，怎麼了？不舒服嗎？」小吳總是貼心。

「兒子。」她的聲音裡藏著一絲疲憊，「我剛才做了一個很可怕的夢……」

「沒事啦，再回去睡。」小吳聽起來放心許多。

吳媽媽堅持把她的夢境給講完，「我夢到你跟阿明去打仗了，你們都不見，剩下我一個……」

「需要我現在回家陪妳嗎？我事情快做完了。」小吳說。

吳媽媽差點就一口答應，但冷靜想了兩秒，又捨不得兒子如此奔波。夜半加班已經夠辛苦了，若是還漏夜來來回回地跑，明天精神會有多麼不濟？萬一上班打瞌睡，還是開車分神了，那可怎麼辦？

唉，做母親的，總是想太多。

吳媽媽無聲嘆息，告訴小吳：「不用了，我只是想問問你調動安排得怎麼樣了？」

「在辦了。」

雖然小吳看不見，她的眼中已泛起淚光，「萬一阿明出事，我一輩子都會後悔。」

「我明白，媽，妳先回去休息，不要煩惱，好嗎？」小吳耐著性子哄她。

掛掉電話，吳媽媽帶著丈夫的照片回到床上，喃喃自語：「阿智，拜託你保佑我們的兒子。」

她在心裡和丈夫對話，一遍又一遍，不知不覺中，窗外天光大亮。

阿明剛結束哨勤，滿身鹽味、汗臭未散，才走進寢室，手機就嗡嗡地震個不停。

吳媽媽最近特別勤勞，一日數通電話找阿明，一再重複著她的關心。這些電話像沒有止盡的浪潮，一波接著一波，鋪天蓋地，將阿明壓得透不過氣。

「媽，我吃過了，真的吃很飽……嗯，有擦防曬……我沒有口氣不好，我知道妳是關心……」

他背對著窗，望著外頭一片濁黃的天光，語氣忍耐中帶著疲倦。

「可不可以換去關心一下哥哥？」

「有啊，我天天跟你哥說，趕快把弟弟調回來。」吳媽媽語氣裡沒有猶豫，彷彿天經地義。

阿明忍不住翻了白眼，腦中浮現出小吳一臉無奈的樣子，那張臉從小到大只要媽一出手就沒轍。

「來，我讓你哥跟你說。」她喜滋滋地把電話遞給小吳。

「喂？」

「先說，我沒有要調動喔，哥你不要跟媽一起胡鬧。」阿明開門見山，語氣帶著防備。

「不是調動啦。」電話那頭傳來一聲長長的嘆息，小吳說：「我在補給船上替你安排了船位，你先排休，我都打過招呼了，回來個幾天讓媽安心一下，也省得她一天到晚疲勞轟炸我。」

「才不要。」阿明脫口而出。

彼端安靜了半晌，「阿明，就當幫哥個忙？媽說如果你不回來，就換她搭船去。」

阿明感到不服氣，一個念頭不情願地掛上電話，有個主意在腦海中緩緩凝聚成形。

夜色正沉，廚房裡只剩昏黃燈泡掛在天花板中央，搖晃著映出一道道濕痕斑駁的影子。這時間煮飯的早就忙完了，只留下鍋氣和一點燒焦的油煙味仍在空氣中盤旋。鍋碗瓢盆堆得像一場沒收拾完的戰役，一旁廚餘桶半滿，幾隻蒼蠅在上空盤旋。

阿明腳步沉重地走進廚房，「小蔡在嗎？」

「阿明？你怎麼跑來這邊？又想幫忙洗碗？」小蔡從一堆髒碗盤中抬頭，臉上滿是汗，袖口還沾著醬油。

「沒事，晃晃，這裡比較涼。」阿明說。

「涼個屁。」小蔡一邊沖洗大鍋一邊碎念，「補給船晚到，冰箱都快空了，沒看到我頭毛在燒？」

他把炒鍋丟進泡沫滿滿的水盆裡，刷刷刷地大力搓洗。

「我看菜色還是照出啊，沒發現你煮什麼我吃什麼，屁都不敢放一個。欸，明天吃什麼？」

阿明語氣刻意輕鬆。

「香蕉排骨湯。」

阿明的五官皺成一團：「天才啊……」

「還嫌？每天就是高麗菜、罐頭、丸子重新排列組合，要不是我平常留一手，哪撐得下來？」

「感恩米其林主廚。」

兩人你一言我一語，氣氛一時輕鬆了不少。

小蔡忽然盯著阿明看，語氣一變：「我聽人家講……你要調回台灣？」

「誰講的？到底是誰在亂傳？」阿明臉色沉了下來。

「很多人都這樣說啊，你媽天天打電話，你哥又那麼罩……所以是真的囉？」小蔡問。

阿明轉過頭，走到窗邊，深吸一口氣。窗外海風吹得天空一層層翻騰，彷彿隨時會暴雨傾盆。

「我沒答應，是我媽逼的，她說兩個兒子都在軍隊，她不放心。」阿明苦笑著搖搖頭。

「你媽真愛你欸。」

「幹。」阿明垂下眼，咬牙說：「大家都在背後笑我是媽寶、哥寶，老共要是真打來，看誰有種直接對著幹？」

小蔡刷鍋的手頓了幾下，輕聲說：「知道啦，有誰比你更像國軍的看門狗？多的是人想落跑，只是不敢講而已。」

阿明嘴角扯動了一下：「小蔡，你去跟放話陰我的人說，我哥幫我在補給船上安排了位置，我才不回台灣呢，想要船票的人，自己來找我講。」

說完，阿明轉身走出伙房，他心裡盤算，現在只要等著抓交替就好了。

夜晚的寢室燈光昏暗，添仔躺在床上，雙手捧著手機，螢幕的藍光映出他因不安而緊皺的眉頭。小鳳連續傳來好幾條訊息，字句間充滿焦慮。

「是不是要開戰了？網路上都在傳……」

「你那邊安全嗎?不要嚇我……」

「我們要不要出國避避風頭?」

添仔反覆地打字,然後刪除,再打,再刪,像是想說什麼又怕說錯話,最後他回了:「沒事,不要擔心,我會想辦法。」

手機收起後,添仔自床上坐起,緩緩移動到在床邊擦鞋的阿明身旁。阿明的動作很細緻,那雙軍靴已經被擦得光亮得能映出人影,一定是當兵太閒了,時間太多,才會把擦鞋當作珠寶拋光。

阿明頭也不回,只是冷冷地問:「什麼事?」

添仔四下張望,確定沒有人注意他們,才鼓起勇氣開口。

「阿明,要不要出去抽根菸?」添仔試著擠出輕鬆語調,「我想問你一件事,聊聊啦。」

阿明放下鞋刷,默默跟在添仔身後走出寢室。

今晚月亮不圓,風灌進樹梢沙沙作響,似是島嶼本身在呢喃低語。黑夜中,明亮的火星點燃菸頭,開啟話題。

「我聽說你哥幫你要到一個船位?」添仔湊近了點,壓低聲音,「我看這樣,你把位置讓給我?」添仔陪笑,從口袋掏出一包香菸和一袋檳榔,「欸,我也不是白拿啦,知道你喜歡這味,幫你留的。」

阿明只是淡淡地抽了一口菸,沒伸手接,臉上沒有任何波瀾。

「還是我用買的？或者幫你擋幾天哨？真的，什麼都可以談。」添仔語氣中帶著懇求，「你也知道我有多想回去，我……我女朋友快嚇死了，還有我弟弟妹妹……」

阿明吐出一口煙霧，目光鎖定遠方：「你真的那麼怕？」

添仔吞了吞口水，低聲答：「我不是怕，是有牽掛……我替你走，你留下來。你被排擠，我幫你背鍋，我來讓大家罵沒關係……好不好啦？我……我沒你的大志向，我只是個普通人而已。」

兩人沉默了幾秒，空氣黏稠得像即將爆炸的雷雨前夜。

阿明慢慢點頭，聲音低啞卻堅定：「可以。」

四、軍令

連長辦公室內冷氣開得不大，氛圍卻冷肅，連長坐在辦公桌後，背微微挺直，臉上的肌肉卻是一動不動，神情也令人不寒而慄。輔導長靠在窗邊，雙臂交叉在胸前，眉頭擰成一個深結，和連長一起觀看電腦螢幕上播放的網路新聞。

主播面色凝重，聲音透著一股壓抑的緊繃感：「……國防部證實，今日中午於東部外海進行例行性彈道飛彈測試，屬年度演訓計畫之一……」

連長盯著螢幕一語不發，直到新聞畫面轉為衛星圖與模擬動畫，他才緩緩將滑鼠點擊關閉視窗，螢幕瞬間暗黑，辦公室似乎更涼了。

輔導長轉身望著天色，天本該藍得刺眼，卻被一層陰霾遮住，海風從開啟的百葉窗吹進來，捲起桌面文件的紙張邊角，也帶來遠方海浪擊打岸礁的沉悶回音，那聲響宛如一種不祥的低鳴，悄悄滲進人的耳膜與心口。

「連長，這時間還在打飛彈，真的沒問題嗎？不會太挑釁？」輔導長終於開口，語氣中透出顧慮。

連長微微偏過頭，語氣不疾不徐，帶著明顯的重量：「我們總不能什麼都不做。」

「但他們現在正找藉口啊。」輔導長回過身看著連長，眼底浮現焦慮與懷疑的光，「莊柏甫才剛出事，沒過幾天我們就大動作，傳出去會怎麼解讀？是不是變成我們逼他們出手？」

連長臉色平靜：「我知道你怎麼想，但上頭有上頭的想法。軍人如果怕國際觀感、怕輿論風向、怕對方出手，那他該做什麼？躲起來等人家打上門？我們不能軟，柏甫被抓，還那麼剛好挑在這種時機？我看這根本是測試。先試看看我們社會怎麼反應，政府會不會讓步、軍方會不會退縮。」

「問題是打得過嗎？真正打起來能撐幾小時？我是擔心在這種危險平衡的情勢下，大膽島上的弟兄們撐不下去。我們島上補給靠天，火力有限，連阿兵大部分都是小朋友……」

連長沒立刻回答，只是將筆桿在指間轉了一圈，低頭瞥了眼報告本上的軍演筆記。那頁紙上寫滿了密密麻麻的演訓代號、戰力部署與海域警戒範圍，但在此刻，這些字彷彿也無法構築真正的安全。

「但不能打跟不想打，是兩回事。」連長手指悄悄捏緊筆桿，指節泛白。

「如果真是這樣……那就麻煩了。」輔導長喃喃說。

「別想太多，他們不是小孩，是軍人。穿上這身軍服的那一刻起，就沒有得選，國家不會等你準備好才打仗。」連長像是在對著自己說：「況且，我們誰又真的準備好了？」

窗外，海風越吹越狂躁，天邊的雲層堆得厚重，像是一場風暴正盤旋在遠方，蓄勢待發。

艷陽直曬在大膽島的營舍外牆上，刷油漆的作業在下午兩點日頭最炙熱的時候。味道刺鼻，汗水才滴到脖子就馬上被軍綠衣領吸得一乾二淨，弟兄們三三兩兩蹲在牆邊，拿著大刷子慢條斯理地來回塗著油漆，一副漫不經心的樣子，臉上掛著滿懷心事的表情。

添仔放返台假的消息不脛而走，不用一個早上，傳遍了整座大膽島。也沒人問為什麼，他們只用眼神奚落著添仔。添仔經過人群時，那些原本會跟他打屁聊天的面孔，像是被什麼集體關掉了開關，紛紛低頭、移開視線，手上的動作也刻意加快。

班長從遠處踱過來，「添仔，你刷這是要刷到明天早上嗎？還是想乾脆住牆邊，邊刷邊守？」

添仔停下動作，立正回應：「報告班長，我會加快速度。」

連長轉頭朝旁邊喊：「胖子，把你那桶剛開的油漆拿來，這一整面給添仔一個人刷，當是特別待遇。」

胖子提了漆桶過來，沒說什麼，放下就走。

弟兄們沒人替添仔說話，只是一個個繼續做自己的事，這種無聲的孤立，比任何一句冷言冷語都來得沉重。

添仔低下頭，重新沾了漆，默默地刷起那一整面牆。他的手越來越痠，汗水從髮際流進眼睛，他也只是眨了眨，沒停下，刷、刷、刷，一筆一筆，把那堵牆刷得潔白無瑕。

「我不管你是哪裡痛還是月經來，晚餐前沒完成，再加碼跑三千。」班長說。

添仔沒有還嘴，僅僅深吸了一口氣，刷子在牆上來回拉動的聲音，成了他唯一能控制的節奏，反正是他自作自受。

遠遠地，阿明瞟了添仔一眼，似是若有所思。

五、站哨的人

夜色凝重，籠罩大膽島，遠處的海風像無形的巨獸，喉嚨裡不斷發出低鳴，吹拂過崗哨邊的鐵皮與沙包，發出嘎嘎作響的回音。

添仔和阿明一前一後走出營區，步入哨位之中，彼此無話。

這是自那晚決議交換船位以來，他們第一次單獨相處，誰都沒有主動開口，空氣像卡住了，連呼吸都變得小心翼翼。兩人之間隔著幾步距離，卻像一道難以跨越的海峽。

添仔靠在牆邊，低頭擦拭著自己那把老舊步槍，雖說只是例行性上哨，但他心裡知道，現在台海關係緊張得像拉滿弓弦，任何風吹草動都可能成為點燃戰火的導火線。他眼角餘光偷瞄阿明，對方一言不發地凝視著大海。

天很黑，月亮被厚重的雲層遮住，只剩模糊的銀光在浪頭上映出斷斷續續的反光。海浪拍打礁岩，啪啦啪啦。

「欸，」添仔忍不住開口，聲音小小的，「你有沒有想過，如果真的開打，我們搞不好連屍體都送不回去啊？」

阿明自嘲地笑了笑，眼神還是沒從海面上移開：「到時候應該可以入忠烈祠，連塔位都省下來了。」

「靠夭喔，我只想活著下哨。」添仔翻了個白眼，嘴角卻不自覺翹起來。他低聲笑了一下，「你應該覺得很棒吧，百年之後，可以和你哥、你爸還有你阿公湊一桌麻將。」

「靠夭。」這次輪到阿明低笑一聲，乾笑中帶點苦澀。

氣氛在這一刻鬆動了，兩人突然不再是互相迴避的尷尬寢室室友，而是回到了一起謾罵伙食、放菸聊天的時光。

「你知道嗎，」阿明轉過頭來，語氣放軟了一點，「其實……我不是不能理解你。想走的人，不是懦弱，是真的有東西放不下。」

添仔看著他，心裡像被什麼東西刺了一下。他低聲說：「對不起啦，是我放話陰你的。」

「我知道，彼此彼此，」阿明聳聳肩，「都過去了。」

阿明抬起頭看向遠方的海天交界，風把他額前的頭髮吹亂，表情卻出奇地平靜。

「如果這是我們最後一次一起站哨，我不想留遺憾。好好回去吧，添仔，你運氣好，還有得選。」

添仔鼻子一酸，強忍著沒讓情緒流露出來。他點點頭，小聲說：「你也是啦，別一直想著把命留在這裡。我是覺得多一事不如少一事，不要惹麻煩啦。」

阿明輕笑了兩聲，添仔聽出笑聲中有他不明瞭的含義。

「怎樣啦？」

「你和小鳳結婚以後，應該會生小孩吧？」

「當然，起碼要生四個，我很喜歡小孩。」

「那我問你，以後你的小孩在學校被欺負，你也會跟他說，多一事不如少一事，不要惹麻煩嗎？」

添仔沉默了，似乎有點理解了阿明的想法。很多時候，忍耐解決不了問題，忍耐等於逃避。阿弟和阿妹小時候跟鄰居吵架打架，爸爸媽媽沒空管他們，都是添仔出面處理。添仔會問清楚事發緣由，若是鄰居不對，他一定幫弟弟妹妹討回公道，甚至教他們還手反擊。添仔的信念是，要學會保護自己，你不還手對方就會覺得你軟弱，繼續欺負你。

然而此刻，添仔不確定自己還有沒有那份篤定。畢竟這是戰爭，是總統才需要操煩的國家大事，添仔只是個普通的小人物而已，會軟弱、會膽怯……而反擊需要莫大決心。

「欸，我想去尿一下，」阿明忽然說，「你幫我看一下。」

添仔鬆口氣，阿明沒再逼他回答，「去啊，不然等下你憋到化學兵直接派尿袋來。」

阿明沒再說什麼，轉身往不遠處的草叢走去，腳步聲在沙礫間發出輕微的　吱聲，隨著夜風逐漸遠去。

添仔轉過身，繼續看著黑壓壓的海面，得到阿明的祝福，他感覺輕鬆多了，這也才發現自己有多麼在乎阿明的看法。馬上就能回家，添仔滿心期待，腦中閃過小鳳的樣子、夜市的滷肉飯、媽媽端著熱湯叫他起床的聲音。一想到家人，被弟兄們奚落看不起的窩囊似乎都能夠忍受了。

過了兩分鐘，阿明還沒回來，添仔忍不住悶笑，這傢伙是膀胱多無力？怎麼去那麼久？

又過了幾十秒，一聲悶響傳來，像是什麼東西撞倒了——不是風，也不是石頭落地的聲音，是有重量的、有生命的碰撞。

添仔猛地轉頭，先是聽見一聲類似掙扎的喘息聲，他眼睛瞪大，只見草叢中兩道身影糾纏著倒地，阿明的背被壓住，對方渾身濕透，像是從海裡爬上來的一樣，身形又瘦又長，整張臉在月光下慘白如紙。

是人，但不完全像人，像個水鬼，或說，是穿著解放軍水兵，從海邊偷偷摸上岸。

「幹！」添仔渾身一震，反射性地想要往軍營的方向逃。

但他才踏出一步，又罵了句髒話，腳步迅速轉往草叢那邊。

他衝上前時，阿明已經快被掐昏，對方手臂像鐵鉗一樣扣在他脖子上，亮晃晃的刀尖非常接近阿明的臉，阿明死命抓著水鬼的手腕。

添仔抓起地上的石塊，猛砸那人後腦勺。

「滾開！」他大吼一聲，連砸兩下。

那水鬼吃痛地鬆手，怒吼一聲轉過身握刀朝他撲來。

兩人摔在地上，對方力氣出奇地大，像是長年野訓練出來的猛獸，添仔被壓在下面，雙手狂揮拳頭，砸在對方胸口與臉上。水鬼則像瘋了似地用指甲抓他臉，手法狠毒凶殘。

添仔喘不過氣，臉色發紫，眼白翻出，只能憑感覺一手卡住對方的下巴，拚命掙扎，感覺空氣都從胸腔被擠壓出去。

雲層飄開，露出了皎潔的弦月。

月光下，他看清了水鬼的面貌，雖然對方臉塗得黑黑的，那雙猙獰的眼睛，添仔這輩子都忘不掉。

「啊！」添仔慘叫。

水鬼用力一劃，在添仔臉龐留下一道深深的刀痕，添仔的臉頰頓時皮開肉綻，而那水鬼竟還在獰笑。

「添仔？」阿明跑過來用力踹開水鬼。

阿明踉蹌地撿起地上的刀，揮舞著刀尖想要嚇退水鬼。

水鬼如幽魂般迅速撤退，消失在黑夜之中，只留下潮濕的海風吹拂他們滿身的泥沙與血腥味。

阿明和添仔兩人倒在地上，大口喘氣，像從地獄裡剛掙脫出來。阿明的頸子有一圈明顯的瘀痕，嘴角也滲出血絲。添仔的臉上則鮮血淋漓，眼睛都快要睜不開。

「媽的……」添仔終於氣喘吁吁地開口，結結巴巴，話都說不完整。

水鬼真的來了。

傳說中，那些潛伏在海面下、無聲無息接近哨所的敵軍特種兵，人稱「水鬼」的存在，能在水下憋氣五分鐘以上，會在夜裡從海裡爬上岸，貼著岩壁行動，伺機獵殺哨兵、竊取情資，殺完人還能悄無聲息地潛回海裡，像沒出現過一樣……竟真的出現了。

以前聽前輩說這些，添仔都覺得好誇張，像在聽鬼故事。但現在，他知道那不是什麼傳說，是他們今晚真正從地獄裡逃回來的現實。

這裡是前線，這裡是真的會死人的地方。

隔天一早，大膽島像一只悶熱的壓力鍋。

營區瀰漫著一股躁動與不安，前一晚的搏鬥雖未釀成重大傷亡，但已在弟兄之間點燃了難以壓抑的怒火，那名水鬼潛入，幾乎要了阿明的命，又在添仔臉上留下醒目的刀痕。

添仔臉上縫了幾針，瘀青全都浮現出來，左手指關節腫脹發紅，是昨夜和水鬼肉搏留下的戰利品。只要一閉上眼，他就會想起那具幾乎無聲潛近的黑影，想起那雙像野獸般冷靜又狠毒的眼。

中山室裡，原本的課程根本上不了，都這節骨眼了，誰還想寫大兵日記？唱軍歌？弟兄們議論紛紛，怒不可遏。

「媽的，那水鬼要不是自己跑掉，今天早上起床就看到添仔和阿明變浮屍了。」

「那水鬼會來一次，就會有第二次。」

「搞不好今晚就換別人被割喉了。」

議論聲越來越激烈，像鍋子裡的滾水蓋都快壓不住。班長也懶得維持秩序了，畢竟受傷的是自己人，他也氣憤不平。

添仔一巴掌拍在水泥牆上，震得牆角掉了點灰，他聲音沙啞卻吼得震耳：「我提議加強夜巡，看到海面上有可疑的東西，立刻開槍射擊。」

他的聲音就像點燃汽油的火星，瞬間引爆全場。

「對，晚上多派兩組人巡海邊，帶槍、裝子彈，看見可疑船隻、潛水影子，直接警告，敢靠近就開槍。」胖子最先附和。

「好，我們去找連長說。」大毛吼道：「大不了對著幹。」

弟兄們情緒高漲，聲浪此起彼落，整個中山室猶如開戰前的戰情會議，一觸即發。

但就在眾人情緒堆到最高點時，一道冰冷沉穩的聲音從門口響起，像潑進滾水裡的一桶冰：

「誰說要開槍的？」
空氣瞬間凝結。
連長站在門口，一身軍裝筆挺，臉色鐵青，眼神冷冽如刃。他走進中山室，腳步聲敲在地板上清脆分明，像在提醒大家什麼叫紀律。
他走上前，手中高舉文件，「司令部剛來命令，針對昨晚情事，原則處理方針是：堅守戰線，不得主動開火，不得擴大衝突。」
「什麼？」添仔轉頭，握緊拳頭，眼神裡滿是不可置信。
連長像沒聽見他的質疑，一字一句道：「除非對方先攻擊，否則一律不得還擊。若違反軍令，將依違反交戰規定處置，最重可移送軍法審判。」
「操！」添仔失控站起來，雙眼通紅，像頭發瘋的牛，「連長，我們是軍人不是靶子欸，要是他們直接摸上來，掐住我們脖子，那時候才可以反擊，我們連槍都來不及拔！」
「這是命令。」連長冷望著他，語氣如冰。
「命令……命令……」添仔咬牙切齒，滿臉通紅，伸手指向阿明，「昨天阿明差點死了耶。」
阿明站在角落，臉色蒼白，肩膀微微顫抖。
「服從命令，是軍人最基本的本分。」連長不為所動。
中山室裡陷入死寂。當悶重的沉默壓在每個人胸口時，一聲輕咳劃破了空氣。眾人轉頭，是輔導長，他不知何時走進來。

「要是真照你們說的，夜巡時亂開槍……誰來扛？添仔？你扛得起？」輔導長掃視全場，口吻平靜卻沉痛，「知道現在台海有多敏感？一顆子彈、一道火光，都可能讓全台灣陷入戰火。」

「你們要聰明，要沉住氣，不要被挑釁成功。」連長說：「不是什麼也不做，今天晚上開始會增派哨兵，但我們不能開第一槍。這不是懦弱，是戰略，反擊和主動攻擊是完全不一樣的，我們必須站得住腳。」

弟兄們開始低下頭，某些人原本高舉的情緒開始緩和，像潮水退去。中山室內又陷入沉默，這次不是無言的反抗，而是重新整理呼吸的安靜。

隔天是島休，添仔和阿明並肩坐在礁岩上，他們穿著汗濕的軍T和迷彩褲，腳底下是被長年潮水磨得光滑的石頭，濕滑而冰冷。

那場與水鬼的打鬥彷彿還殘留在皮膚底層，每一道緊繃的肌肉都在記憶那一瞬間的力道與恐懼。兩人都掛了彩，被鹹鹹的海風吹得火辣辣地疼著。

添仔叼著一根沒點燃的香菸，在嘴角轉來轉去。他試了幾次想點火，但手一直在抖，打火機「啪」了兩下都沒成功，最後索性放棄。

「你覺得呢？」

「什麼？」

「連長說的啊。」

添仔啐了一口，「我覺得……很幹，可是連長沒錯。錯就錯在，我們沒有當場把那水鬼解決掉。」

阿明笑了笑，點點頭，動手幫添仔點菸。

「欸，你那一腳滿狠的喔，那水鬼整個人翻過去，有練過唷。」添仔說。

「我哪知道我會踢那裡……反正就亂踹一通，我只知道要是你那時候落跑了，我就真的死定了。」阿明說。

「落跑……」添仔滿深深嘆了口氣，彷彿還困在昨夜那一瞬：「我真的差點跑了。」

「兄弟，謝了。」阿明低語。

添仔扯扯嘴角，強撐出一抹笑：「我差點尿褲子……我真的本來想逃的，但腳自己就跑起來了。我也不知道為什麼……幹，真的很恐怖欸。」

「其實我閃尿了……」

兩人對看了一秒，然後同時笑了出來。

那笑聲很小，卻真切得像某種裂口終於被撕開，壓抑了一整夜的驚魂未定與恐懼，終於找到了出口。他們笑著笑著，笑聲逐漸變得斷斷續續，有點虛弱，有點沙啞，肩膀在彼此的笑聲中碰撞，又倚靠回來，在狼狽與殘破裡相依為命。

「我又欠你一次。」阿明看著添仔，語氣沒有戲謔，只有一種真誠到骨髓裡的感謝。

「用滷肉飯還啦，來我家攤位吃滷肉飯。」添仔說。

「沒問題，一百碗，帶我哥還有我媽一起去。」阿明說。

添仔舉起拳頭，阿明也抬起手，和添仔碰拳了一下。

就在這時，阿明的手機震了震。

阿明吸了一口氣，按下接聽，「喂……媽？」

電話那頭傳來吳媽媽熟悉的聲音，「阿明啊，吃飯了嗎？」

那一瞬間，阿明的喉頭像是被什麼哽住了。他張了張嘴，卻說不出話。眼眶瞬間泛紅，鼻子發酸。他努力控制情緒，不讓聲音顫抖，卻還是只能「嗯」了一聲。

添仔別開臉，沒有說話，只是靜靜地坐在阿明身旁，靜靜陪伴。

六、守候

補給船即將到來的消息，如一道春風送進了日夜緊繃的營區裡。大膽島上物資一向拮据，這一趟補給不只帶來新的食物，還可能捎來家鄉的零食包、信件與其他慰問物資，弟兄們嘴上不說，眼裡卻藏不住雀躍。

歷經生死交關的那一晚，沒有人再拿阿明調職或是和添仔交換船位開玩笑，儘管大家都知道添仔要回台灣一趟，卻都沒有多嘴什麼，罕見的寬容似是默許了添仔的臨陣脫逃。添仔臉上那道傷疤成了他的免死金牌，也成了無聲的勳章。

餐廳桌面上的午餐仍然是難吃到驚為天人，伙房兵今天煮得特別有創意，主菜是軍用調理包加熱出來的紅燒牛肉，從鋁箔袋裡倒出來時像泥漿一樣稠，攤在白飯上濕答答的，看起來像某種工地流出的混凝液。旁邊配了玉米罐頭拌冷高麗菜、海底雞罐頭炒洋蔥，還有肉醬罐頭直接拌醬瓜罐頭，罐頭大滿貫。

但今日氣氛卻異常輕鬆，大家都知道補給即將到來，心中有了期盼，罐頭食品也沒那麼難以忍受了。

「嘿，這餐感覺像在拜土地公。」阿明拿湯匙戳戳飯菜。

「阿明，你可千萬別再找小蔡麻煩啊。」胖子夾起一坨玉米高麗菜，「發揮一點想像力嘛，冷盤玉米佐梨山高麗菜葉。」

「慢燉風味小牛肉，視覺衝擊，入口即化，一口就讓你懷疑人生。」大毛一搭一唱，把一大口調理包紅燒牛肉塞進嘴裡。

「末日美食海底雞，多嚼兩口，馬上看到人生跑馬燈。」胖子又加碼說道。

餐廳裡笑聲此起彼落。

添仔慢吞吞品嚐起罐頭肉醬，配著飯吃，那味道本來叫人反胃，可今天不知道怎麼的，他卻吃得香噴噴，一口接一口，像是回到夜市裡那碗熟悉的滷肉飯，那股溫熱與鹹味，竟也有點像家的滋味。

他的名字沒有在下個月份的班表上，因為他排休假了，馬上就有機會離開這座彷彿與外界隔絕的島嶼。不必再和風浪搏鬥，不必在黑夜裡與水鬼肉搏，不必夜夜做夢驚醒，驚醒後還要悄悄翻身，裝作什麼都沒發生。

然而，添仔望向那群熟悉的臉孔，心裡突然一陣酸。如果他跑了，其他人得替他扛下原本該他負責的哨位。想到這，他胸口忽然一股燥熱，有什麼在裡頭翻攪。

大毛和胖子還在耍嘴皮。

「胖子就是胖子，吃什麼都香。」大毛搖搖頭。

胖子摸摸肚皮，說：「我跟我媽說，先讓我減個肥，過兩個月再帶她去日本料理吃到飽，肚子才有空間塞更多。」

「減肥？你現在是靠罐頭清腸胃排毒是不是？都給你、都給你，幫你堆個罐頭塔。」大毛笑岔氣。

胖子不甘示弱，嘴一撇說：「等到真的打起來，我這身肉就是最好的戰備存糧，看誰撐得久。」

添仔跟著笑了，笑到流眼淚。

黃昏的海風吹得海面泛起層層細浪，微微的波紋在夕陽餘暉下閃爍著金橘色的光芒，彷彿整片海洋都被點亮。

添仔找了一個空檔，掏出手機，手指有些不穩。他望著遠方海平線的光影交錯，心中充滿了複雜的情緒，他必須給家人打個電話，吐露真實心情。

手機撥通了，小鳳的聲音很快便從另一頭傳來，那熟悉又溫暖的聲音讓添仔的心稍稍安定。

「小鳳，是我。」添仔調勻呼吸，盡量讓聲音聽起來平靜而堅定。

小鳳的聲音帶著一點期待：「添仔，你說你搭哪天的船回家？我去接你。」

添仔抿抿嘴角，眼神盯著海面上的夕陽漸漸沉入水中。忽然電話裡傳來一陣童稚的吵鬧聲。

「蘇永添，什麼時候回來？這次段考我考第五名。」阿妹興奮大喊。

「我考倒數第五名，哈哈哈。」阿弟也大聲嚷嚷。

添仔心頭一緊，這兩個小傢伙純真的嗓音，總是聲聲呼喚他回家。

「怎麼了？說話啊。」小鳳在那頭著急催促。

添仔吞了吞口水，忐忑開口：「小鳳……我想跟妳說一件事。」他望向遠方，海平線上的光芒已逐漸暗淡下來，夜色正悄悄逼近，「我暫時不回去了。」

安靜了幾秒，隨後傳來疑惑的問句，「為什麼？」

「最近情勢比較複雜，我想留在大膽島，這樣才能真正守護妳和阿弟阿妹，還有我的爸媽。」添仔說。

「添仔……」小鳳的聲音變得柔軟，似乎有千言萬語想說，卻又說不出口。

添仔繼續說道：「守住大膽島，才能讓你們安全。小鳳，家裡就拜託妳了。」

小鳳吸了吸鼻子，笑中帶淚：「好，我們會等你回家，拍婚紗，在滷肉飯招牌前面。」

添仔臉上綻放笑意，「就這樣說定了。」

黃昏的光芒逐漸褪去，夜色慢慢籠罩了大膽島，添仔感覺到一股光明從心底升起，他從沒這樣明白過自己為什麼要留在這裡。

他只是個普通人，但，他同時也是別人的伴侶、兒子、兄長，普通人都會挺身維護所愛之人吧。儘管這個崗位不簡單，也許即將迎接淒風苦雨，為了背後心愛的家人，以及他愛的那小小的多山的島嶼，他願意站得直挺挺，擋在前面。

夜幕再次悄然降臨，整個大膽島籠罩在深藍與黑色交織的薄紗中，島上的燈火依舊稀疏而寧靜，風從海面吹來，輕輕搖曳著島上的樹葉與旗幟，一切如常。

點名的聲音由遠及近傳來，嚴肅而堅定，像是這片土地上唯一不變的律動，每個人臉上都帶著專注與警戒，軍令從未改變，雖然外頭的情勢依然迷霧重重，沒有明確的敵情，但每個人都知道，寧靜的背後可能隱藏著更深的危機。

再晚一些，弟兄們各自忙碌著，準備夜間的哨務，有人整理裝備，有人在清理槍械，槍膛那沉重而冰冷的金屬聲，在靜謐的夜晚顯得格外清晰。

添仔背著沉重的槍械，雙眼掃視四周，腳步穩健地走向自己的哨點，哨所位於一處高地，俯瞰著岩岸與滔滔海浪。

然而，在他的視線之外，海水下卻悄悄地浮現出一個黑影。

那黑影身形修長，動作極其敏捷，與水中岩石的輪廓融為一體，讓人無法察覺。它緩緩貼著岩岸游動，身手靈巧無聲，連呼吸都被特製的潛水呼吸管完美掩蓋，只有嘴上叼著的那根管子閃著微弱的光。

黑影的手慢慢抬起，拔出一把鋒利的軍規匕首。匕首在夜色中反射出冷冽的寒光，刀刃如冰寒般鋒利，殺意如潛藏的海流般蔓延開來。那雙冰冷的眼睛緊盯著哨所上的添仔，目光猶如深海裡的鯊魚，等待著最致命的一擊。

添仔全然沒有察覺這股暗流，他心中盤旋的，是剛才電話裡小鳳那句柔聲的承諾「我們會等你回家」。

STORY 2

末日下的選擇權

作者・李奕萱

零日攻擊
ZERO DAY ATTACK

零日攻擊
ZERO DAY ATTACK

一、離別

「我真的不想去。」小斑哭著說，眼睛紅腫，禮維輕拍她的背，卻沒有說什麼，畢竟她已經講過千萬遍了。

人潮不斷從他們身邊擠過，整個機場都被人群填滿，宛如螞蟻萬頭攢動，背負著比自己身體還要巨大的行李，準備透過現代的飛行器，進行大規模遷徙。禮維注意到，有家庭一口氣帶了十個行李箱，像是這輩子再也不會回來。

小斑還在哭，她爸媽也在現場，所以不好意思跟禮維做出太親密的行為，只是悄悄拉著禮維的手。「我真的不想去。」她又說了一次，這句話小斑已經對禮維說了無數次，多到禮維都不知道是她的真心話，還是講來讓自己減少「逃走」罪惡感的自我安慰。

禮維倒是很冷靜，他不是沒感受到悲傷，只是他一向不擅長把情緒顯露出來。他們家也是這樣，乾淨冰冷，桌上不會有任何一點雜物；媽媽佳如討厭髒亂，正如她充滿正義感的性格，嫉惡如仇，認為世界就應該要公開透明地運作；爸爸志豪總是抱怨佳如天真，但他同樣無法忍受自己辛苦在外打拚，回到家卻看到一片混亂。他認為維持整潔，是佳如的工作，尤其，現在她還因為在職場替同事打抱不平，被留職停薪，休假在家。

禮維常常疑惑爸媽為什麼會結婚，明明個性、價值觀都天南地北。但也許就是因為差異如此巨大，所以才互相吸引，就像他跟小斑一樣，一個冷靜壓抑，一個把所有情緒都寫在臉上，一個看世界總會傾向先隔岸觀火，一個總是主動想要跳進去滅火。

「你真的要去中國嗎？」小斑問。

禮維點頭。這是志豪的決定，禮維絲毫不覺得自己有選擇的餘地，就像小斑儘管說了一萬次，想跟她的社運朋友一起留在台灣，她爸媽還是堅持帶她走——不如說，他們更認為非走不可，萬一真的被統一了，作為「台獨份子」，小斑肯定會出事。

「這樣，以後我們一個在美國，一個在中國，要是戰爭真的發生了，我們就……」小斑沒有講出來，但禮維猜得到她想說什麼，他們就會站在極端的兩方，就會變成敵人。

「為什麼一定要變成這樣？」小斑埋怨，言下之意可能是為何一定要離開家鄉，或是為何明明不隸屬任何一邊，卻被迫要選擇，但她的問法，像是在大哉問這世界為什麼不是永遠和平？為什麼光明背面總有陰影？直到她放開手，推著行李出海關，她臉上都還寫著不甘。

禮維覺得有點荒唐，小斑問得好像她不知道答案一樣，好像她沒有跟朋友討論過無數次。明明他們兩個之間，小斑才是熱衷政治的那一個。

小斑的爸媽都是軍公教，爸爸還是眷村後代，所以一直是民主黨死忠支持者，認為街頭抗爭是吃飽沒事幹、職業學生。小斑或許是為了叛逆，故意成為爸媽看不起的那種人，國中就開始成天往街頭跑，因為參與政治的年紀小，太特別了，還被新聞台採訪過。

跟小斑交往前，禮維和班上大多同學一樣，對政治沒感覺，什麼社會、什麼正義，聽起來都太過遙遠，跟生活毫無關係。小斑討厭的小紅書、短影音，禮維也覺得滿好看的，他特別愛看各省街頭小吃，大人都說那油膩又不健康，但看起來就是令人口水直流。他剛出生不久，因為爸爸是台商，曾在中國生活過一段時間，小時候的事早沒記憶，但禮維看這些影片總是倍感親切。

一開始，禮維認為小斑是政治狂熱——很怪但也很可愛，他喜歡她講話時眼睛閃閃發亮的模樣，跟小斑交往後（當初他們曖昧，拖拖拉拉了一陣，小斑主動告白），他偶爾會陪她看新聞、去遊行，聽她講哪一黨又做了什麼、哪一國又發生了什麼事，不過都是比較敷衍、可有可無的態度。

直到香港的反送中抗爭爆發。

最初，他只知道香港開始抗議某種條例，不希望香港的犯人被「送中」，後來聽說媽媽簽了支持港人的連署，爸爸為此還大發脾氣，畢竟他可是要在中國做生意的人！可是真的讓禮維認識這件事的，是小斑，她拉著他去看直播，讀新聞，他非常震撼：人口總數七百多萬的香港，竟然有兩百萬人上街抗爭！而這麼大的「民意」，換來的卻是警察的暴力：被打爆眼睛的少女、中槍的少年、催淚彈和藍色水炮。

他還記得那段影片：一群學生闖進立法會，即將被清場之前，一批學生撤了出來，但有四個學生決定留下當「死士」。可是最後，出來的學生還是決定再次進去，把那四人扛出來。

一個口吻相當稚嫩的女生一邊疾行，一邊用顫抖的聲音對記者說，就算再害怕，也得回去：

「我們一起上來，就要一起走。」

那瞬間，禮維忽然意識到，他和那個女生，是差不多的年紀。

禮維開始主動跟小斑一起聽演講、參加抗爭，雖然每次去遊行，他多數時間都只覺得尷尬、不知所措，既不喜歡吶喊、又不想被拍到，生怕造成爸爸困擾。不過每次在深夜，他都會偷偷打開新聞裡的空拍圖，感受著成為巨大力量中一個小點的成就感——這是反覆日常裡所不會出現的情緒。

小斑是更有收穫的那個，她交到很多朋友，一起倡議母語課程、參與課綱論戰，討論著要怎麼讓更多人對台灣產生認同、抵抗外部強權。上高中後，她不只在校內當辯論社社長，還偷跑去大學的政治性社團，大家都笑她之後上大學，可以立刻直升社長。不久前，有現任立委直接欽點她當助理兼接班人，她聽到有點害羞，但也頗有架式地說：「我只是很喜歡台灣。」

沒想到，這樣的小斑，會是先走的那個人。對此，禮維有點不滿，甚至是憤怒。只是他什麼都沒說，因為他知道，這不是小斑能決定的。而他，也是一樣沒有決定權。

回到房間，禮維一開社群平台，上面第一個跳出來的，就是小斑好友安琪的貼文，上面斗大的字寫著：「台灣是我們的台灣」。禮維看著那行字，又想起小斑了，好不容易平靜下來的心情，再次被挑起波瀾。

門邊傳來敲門聲，不等禮維回應，門把就被轉動。禮維瞄到那是志豪，連忙關掉網頁，換上冒險遊戲《末日邊界》，假裝因為戴耳機、什麼都沒注意到，快速敲打鍵盤，控制著白髮青年跳躍、攀爬到斷垣殘壁之上。

他的遊戲群組傳來幾個訊息：「乾，白毛你今天不是說不上！」「上了就快來幫我啊～」禮維無視那些訊息，出氣般地讓角色亂逛、亂跳，直到志豪拍拍他的肩膀，才拿下耳機。

「行李整理得怎樣？」志豪坐到禮維床邊，用親切的語氣詢問——志豪不曉得的是，這樣的語氣用在家人身上，反而顯得疏離。

「我有在弄。」聽到禮維這樣說，志豪看向周圍：幾乎完好的房間，塞在角落的紙箱連組裝起來都還沒有。禮維察覺到他的視線，補了一句：「等一下就弄。」

「你這樣會來不及，你看你東西這麼多，牆壁還貼這什麼……」志豪站起來，看著禮維牆上掛著的一串拍立得照片，上面有他跟小斑在海邊燦笑，風光明媚；有他跟佳如一起參加國中畢業典禮（禮維臭著一張臉，因為佳如對校長致詞的八股頗有微詞，朝他碎碎念十分鐘）；還有他拍的同志大遊行，一群同學臉上都刷了彩虹旗的六色顏料，昂首迎著陽光。

上面完全沒有志豪，因為他一直都在中國工作，他在上海有一家公司，做光電的，一年到頭幾乎都在那裡。

志豪臉上閃過一絲悵惘，隨即又隱去，換上了急切的笑容。

「以後我們就可以一起生活了。」興許是想要彌補，志豪走到禮維身邊，掏出手機：「你還記得王宇叔叔嗎？他是爸爸的合夥人，你不要擔心，他會幫我們打理生活，爸爸在那裡有公司、有朋友，什麼都不用擔心。」

志豪打開相簿，秀出了他在中國的公寓：「你看，你應該都不記得了吧？以後這間就是改成你的房間，然後這個，這是我們小區，環境好，外送跟包裹都很快。我也幫你看好高中了，是很好的學校，鄰居有好幾家的小孩都是念那裡……」

「爸，我明天要考試。」禮維打斷了他。

志豪有點不悅：「那你剛剛還在玩遊戲？」

「我剛打開你就進來了。」禮維直接把螢幕關掉，拿出背包裡的課本，動作充滿浮躁。他不太確定自己在煩什麼，只覺得志豪所想給予的一切，通通都很煩人，即便那是好意，是希望修補相隔海峽而斷裂的親情。

血緣讓他們擁有一半相同的基因，但禮維始終覺得，志豪根本不懂自己想要什麼，他們的想法，從頭到尾都沒有在同一個頻率過。

「好，那你先唸。你再看行李有多少，重要的東西一定要帶，有些東西可以先留在台灣，不過如果真的打起來……」

志豪沒有把話說完，但禮維聽得出來他的意思：真的打起來，就回不來了。

二、叛徒

禮維不大記得上海的樣子，畢竟當初才一歲上下，根本不可能留下什麼印象。但他不知道為什麼，很確定現在這個地方就是上海的小區：連棟的公寓，路邊種著幾棵高達數樓的大樹，窗邊各家晾著衣服、褲子、內衣褲，風一來，就跟著飄動。

後方傳來樹枝被踩斷的聲音，禮維回頭，是那個熟悉的男孩，禮維的「想像朋友」，他有著和禮維一樣生澀而溫柔的笑容，看起來再健康一些，全身皮膚黝黑，臉型圓胖，似乎整天都在外面跑跳。

他們一起玩鞦韆，禮維搖盪的方式克制而保守，男孩則越盪越高，毫無恐懼，姿態張狂，在抵達最高點的瞬間，鬆開手，縱身一躍。禮維來不及驚呼，男孩早像猴子一樣攀住了樹枝，爬到了枝頭。

「你要回來了？」男孩說。

禮維一愣，點點頭，但又停了下來，聳聳肩。

「沒想到你會回來。」男孩回頭，表情似笑非笑，禮維還在思考，卻看到男孩不小心腳一滑！禮維倒抽一口氣，衝上前去，試圖接住男孩。危急時刻，男孩胡亂揮舞的手揪住了劇烈晃動的樹枝。

禮維鬆了一口氣，可忽然之間，自己卻變成那個男孩，死命抓著那根支撐全部重量的樹枝。

禮維往旁邊伸長了手，慌亂尋找別的東西攀附，他瞥向樹下，只見男孩冷冷看著他，禮維張口準備呼救……

啪的一聲，樹枝斷了。禮維瞪大眼，感受自己往下墜落的重量，無能為力，只能閉緊雙眼，等待撞擊……

禮維往前踩空，猛然驚醒，意識到自己還在教室，剛剛只是一場夢。他心跳飛快，呼吸不順，好像剛跑完一百公尺短跑。他把手放心口，安撫自己，等氣息緩和一些後，左看右看，發現大家都不見了，才想到這節是體育課。

怎麼沒人叫他？

禮維甩著酸麻的手，帶著一點抱怨的情緒，換下制服、套上運動服。他的確不是班上那麼核心的人物，個性外冷內熱，比較熟的就只有小斑跟她朋友，可是也不至於沒有人叫醒他吧？

禮維快步跑下樓梯，想著剛才的夢。他很久沒有把夢的細節記得這麼清楚了，是因為一直在想要去中國的事，所以才夢到嗎？胡思亂想的同時，他又想起，之前有答應張佑翔今天三對三籃球要同隊。幹，禮維在心底咒罵，加快腳步走向操場。

張佑翔，大家都叫他阿翔，在學校是個充滿領袖魅力，會讓人不禁想喊聲「大哥」的特殊存在。他外型帥氣，腦袋聰明，但從來不想把智商浪費在唸書上；他體育好，特別愛打籃球，人際相處也特立獨行，擁有屬於自己版本的道德觀。有次，全班集體排擠一個說謊被抓包的同學，阿翔聽到了，只是皺眉問：「還好吧？誰不說謊？」單靠一句話，班上對那個同學就恢復了原來的互動。

阿翔跟禮維不算太熟，禮維也不是擅長體育的人，小時候身體不好，佳如都會請老師不要太逼禮維，是升上國中後的禮維大力抗議，她才終於放手。但相比其他男同學，他仍不算是體力好或身手矯健，唯一擅長的，只有投球，命中率特高。因為這個長處，他幸運地獲得「欽點」，被阿翔認定為可以一起打球的隊友。

禮維走到樹蔭下，小斑的幾個女生朋友坐在那裡。「你們幹嘛不叫我？」禮維埋怨，她們卻沒有看他，把禮維當空氣。

禮維感受到了一絲異樣。這個感覺早在小斑開始辦理離校、出國手續時，就已經出現了，像是一股奇怪的暗流，隱隱帶著某種焦慮、欣羨、譴責、怨懟。儘管如此，大家還是給予理解，畢竟誰不想走？小斑走的時候，同學還是送了花，全班一起寫卡片，讓小斑哭到不行。

不至於因為他女友離開台灣，就不理他吧？禮維覺得莫名其妙，乾脆也不理她們，扭頭專心看球。剛好阿翔一個帥氣上籃，同學們拍手叫好，禮維跟著拍手，發洩般把手掌拍紅。

三對三的比賽結束，下課鈴聲響起，老師心不在焉地叫體育股長收球，匆匆忙忙走了。禮維見他從前面經過，正想解釋為什麼遲到，但老師什麼都沒說就離開。禮維抓抓頭，只能作罷，準備回教室，卻發現阿翔一手拿著籃球，一手向他招了招手，像是在說：「輪到你了。」

禮維鬆了一口氣：至少阿翔是正常的，那就沒什麼問題了。他起身，跑到場內，阿翔舉起拿籃球的手，做出傳球的動作，禮維伸手要接。

下一秒，籃球狠狠擊中禮維的額頭。

他眼前發黑，失去平衡，跌倒在地上。禮維還搞不清楚狀況，抬頭望見陽光刺眼，伸手抹了臉頰，手上是血跡和沙粒。禮維瞇起眼，讓視線慢慢聚焦，最後停在阿翔的身上。

阿翔蹲下來，輕聲說：「聽說你要移民去中國啊？」

禮維一愣，他怎麼知道？

「你小時候住在那裡？喜歡嗎？」阿翔繼續問，聲音依舊輕柔。

「我根本沒有印象……」禮維感到莫名的恐懼，焦急地看著周圍的同學，試圖得到幫助，卻發現所有人都只是冷漠地看著他。

阿翔拾起籃球，站了起來，在地上一下一下地拍打，越來越用力，每一下都撞擊著禮維的心臟。好像配合著節拍，一個字又一個字清晰咬字：「中國要打我們，你還要過去？很爽嗎？把台灣當妓女，想抽就抽，想插就插。」

禮維感覺渾身都被浸入了冷水，對眼前的場景下意識地想要逃離。阿翔停下了運球，四下寂靜，他冷冷地看著禮維，什麼都沒說，然後轉過了身，投籃，沒進，球彈了幾下，滾進樹叢。

阿翔淡漠地看著禮維。「幫忙撿球。」他又拿起了一顆籃球，平淡地問：「不行嗎？」

禮維三步併作兩步，跑到樹叢邊蹲下找球。此刻，他清楚地意識到，能用一句話讓全班不排擠同學的人，也能夠用一句話，讓全班排擠他。

「就是鬧個一天，你好好跟他講就沒事了。」小小手機螢幕裡面，是手忙腳亂換上外出服的小斑。她照著旁邊的鏡子，向禮維訴苦：「跟你說，我又長痘痘了，一定是被我們班的中國人害的，我昨天說我來自台灣，他們就在後面笑。」

「他們也可能在笑別的事……」

「怎麼可能？一定是在笑我。有一門課的中國同學就好好的啊，還偷偷跟我說台灣加油。」

「至少有人跟你講話。」

「好啦，我再跟阿咩她們講，叫她們不要鬧。」小斑拿起鴨舌帽，戴在頭上，看鏡子喬位置。

「但其實也沒辦法吧，畢竟你要去的是中國。」

「那又不是我能決定的！」

禮維的怒氣，讓小斑畏縮了一下，終於比較認真地面對螢幕：「也是啦，不過我是覺得，你爸有點把中國看太好了，那是因為他政治冷感，然後又剛好拿優惠。要是真的被統一了，人家哪會對你好？去歐美比較保險啦，不過這邊也沒多好就是，貴，水不好喝，地鐵很臭，還有神經病喝醉大吼大叫……」

小斑就這樣碎碎念著，直到拎起背包匆忙出門。禮維看她關掉畫面，黑掉的螢幕令他感到無比孤單，甚至在機場跟小斑道別時，都還沒有這麼深的感觸。

為了轉移心情，禮維漫無目的地在網路上亂逛，看不知道是真是假的帳號吵架，有人說寧可投降被統一，也不要打仗失去性命，有人反駁如果真的被統一了，那像香港一樣，遲早會流血。

爸爸常年在中國，經常被歸為「統派」，但禮維知道他始終沒有傾向統一或獨立，只是想好好生活。他總說，戰爭苦的是百姓，得利的都是政客：「不管誰當老大，我們生活都一樣。」禮維某種程度上同意志豪，但對於離開台灣這件事，他心裡卻是猶豫的，然而他也不理解為什麼要猶豫。

他開始查關鍵字「移民」、「戰爭」，想看別人都是怎麼做的，可是資料太多、太亂，在幾個社團亂闖，只看到很多詐騙集團想騙人偷渡，而少見比較認真的，大多也是已經做好決定，在分享移民手續，對禮維來說參考性有限。

爸媽不適合、同學不理他、小斑明顯不喜歡中國，那還有誰可以跟他聊？忽然，禮維想到了《末日邊界》群組。

禮維玩這款遊戲已經一年，和十幾個網友創建了群組，有時候會相約打怪，偶爾也會聽說大家的一些心事：分手了、大考了、有小孩了。禮維潛水居多，不大分享自己生活，頂多就是偷偷送裝備給想安慰的隊友。被人知道自己的心事令他覺得難堪，所以寧可悶在心裡。

不過這次，好像也只能鼓起勇氣。禮維在群組訊息開始打字，傳送前還反覆刪了又打，打了又刪，最後才定案：「不好意思打擾大家，我在煩惱要不要離開台灣，有人也是嗎？」

lala333：「哇，白毛我大哥講話了！」

狗喵：「能出就出，不能出也就不用問了。」

君君：「白毛是不是高中生啊，那也只能看爸媽吧？」

西瓜王：「誰說一定是爸媽！人家也可能是夫夫跟妻妻的小孩。」

樓越聊越歪，禮維有點後悔，連環的訊息讓他根本不知道要回哪一則。這時，他忽然收到一則私訊，來自妙♡：「嗨嗨白毛，我是在台灣的越南人，我跟 Miya（她也在遊戲群組）有在討論要不要離開台灣，你要不要一起？」

三、盟友

禮維和阿翔沉默地搬著沈甸甸的講義，那是新開的民防課的講義。

禮維偷看阿翔一眼，至少同為值日生，他沒有讓禮維一個人去拿講義，這是否代表上次體育課只是一時情緒？禮維試著釋出善意，故作輕鬆地說：「那個……」

「你如果把這些拿去丟掉、拍影片，去中國是不是可以炫耀？」

禮維馬上閉上了嘴，兩人就這樣一言不發地把講義帶回教室。

民防課的老師還很年輕，看起來不到三十歲，外表文質彬彬，衣袖底下隱隱能見結實肌肉。一上課，他就開宗明義表示：「今天我們有這堂課，不是因為一定會打仗，是為了避免緊急狀況發生的時候，大家完全沒有準備。」

內容相當認真嚴肅，台下卻瀰漫著一種鬆散的躁動感，有同學閉著眼睛、頭在空中如木偶般點頭，有同學在竊竊私語，指著老師品頭論足，一人忍不住笑出聲來，完全沒有要掩飾的意思。

一個同學舉手：「老師，所以我們都會配槍嗎？」

「靠北，你上次打靶都打到我的，你有槍也不要亂射！」

學生們笑成一團，笑鬧聲越來越大聲，在教室迴盪。但老師沒有要被這股氣氛牽著走，他神色肅穆，兩手放在桌上，起初似乎完全沒有要做什麼，然而就在大家毫無防備之際，他高舉雙手，重重拍在桌面上。

巨大聲響瞬間打斷了班上的喧鬧，等細碎聲響幾乎消失，他才冷峻地問：「你們以為戰爭不會發生嗎？」

大家都閉上了嘴，許多人盯著桌子看，有些人看向老師，開始帶了點專注度，但還是有同學躁動不安地轉著筆、抖著腳，好像停下所有動作會要了他們的命。

「雖然我們不會變成全民皆兵，但所有人都要知道自己的角色，怎麼保護自己、保護家人朋友，支援作戰和後勤人員。同學，你們知道家裡或學校最近的防空洞在哪裡嗎？或是緊急狀況下，你要怎麼取得乾淨的水源？假設，戰爭持續了一年、兩年，你們要怎麼維持心理健康，繼續生活？你們有這樣的準備了嗎？」

這一次，真的所有同學都靜了下來，只剩下窗外微風吹過樹梢的沙沙聲。

忽然，阿翔站起身，平舉右手，指向禮維，冷冷地說：「那他不能上這堂課吧？他馬上就要去中國了。」

禮維臉頰漲紅，又熱又辣，蔓延到眼眶，他忍住不要讓這股熱氣變成眼淚，因為那樣只會被鬧得更兇。

「每個人都要上這堂課，我們都是台灣人，每一個人，都非常重要。」老師冷靜地說，目光直視禮維，然後又掃向阿翔。「不管戰爭會不會來，首先最不該做的，就是分化彼此。」

阿翔瞇起了眼，眼神中的溫度，讓禮維不禁打了個寒戰。

一下課，禮維拿起背包就要跑，但還是太慢了。他被阿翔和幾個同學推進了冷清的樓梯間，禮維的臉被按在牆壁上，他可以聽到牆壁的另一端，傳來同學們嬉笑的聲音，他張口想要求救，卻被猛地一拉，整個人跌坐在地上，課本、便當盒、鉛筆盒、手機，全都散落一地。

「你這樣不行啦，以後怎麼加入解放軍？」他隱隱聽到阿翔輕佻的笑話。

禮維掙扎著要爬起來，發現有人來抓他，就伸長手抓起便當盒的蓋子，往那人甩過去，可是這個動作反而激怒了對方。不到幾秒，禮維再次側臥在地上，好幾隻腳不斷向他的身體招呼，他只能抱頭，試著保護自己。

接下來的日子，大大小小的暴力不斷增加，禮維的桌椅經常不翼而飛，有時在操場，有時在樓頂。滿頭大汗、扛著桌椅回班級的路上，還會有人故意伸腳要絆倒他。禮維身上、臉上開始出現各種傷痕，儘管已經很努力掩蓋，還是被佳如看出了端倪。

「你又怎麼了？」她擔心地觸碰禮維的臉頰，禮維馬上推開了她的手。

「跌倒。」

「怎麼可能跌倒兩邊都受傷?是霸凌嗎?如果是,你要跟老師講……」

「好啦,年輕男生就是這樣,你不要插手!」志豪不耐煩地跟她說,他還在心煩前一個話題——因為這陣子的動盪,佳如突然接到聯絡,她失散已久的爸爸出現了,他失智,沒有照顧者,收容的安養中心還準備要關了。現在,佳如要決定是否接手,而這件事也打亂了志豪的「三張機票救全家」計畫。

「什麼不要插手?你從來不在家,每次出事都是我在跑學校!」

「你就多管閒事才會弄到沒工作。以後去大陸最好小心一點,不然……」

「不然怎麼樣?我被抓走,你怕被拖下水啊?」

「不要鬧了,我剛剛還說要幫你爸找機票,我這麼努力,你都沒看見嗎?你每次都這樣……」

禮維看著吵到面紅耳赤的父母,默默離開了座位,回到房間。

雖然沒有明講,但自從開始被阿翔針對,禮維每次看著父母,心頭都會冒起一把火。他憤怒志豪,如果他不要帶他們去中國,自己就不會被霸凌了;他也憤怒佳如,如果她不要那麼敏銳、那麼正義,他就不用擔心被發現,她也不用又要跟志豪吵架。

但最讓他憤怒的,還是阿翔。

禮維看著鏡子裡的自己,摸著臉上隱隱作痛的瘀青,拉開上身的T恤,在小時候留下的手術疤痕周遭,爬滿醜陋的青紫色塊狀物。禮維生平第一次這麼恨一個人,他向來是和平主義者,跟佳如不一樣，對於別人挑起的紛爭，寧可息事寧人，也不要多花心力去吵架。吵架多累，要是吵輸了，做錯了什麼，豈不是更慘？

阿翔嘲諷的表情、灰撲撲的鞋子、迎面朝他而來的拳頭，所有畫面湧入他的腦中，禮維感覺全身都又痛了起來。一瞬間，他很想死，如果死了，就不用再煩惱這一切，不用再去學校，不用面對一次次失控又未知的災難。

但明明該死的，是那些爛人。「我走了之後，你們最好都被飛彈炸死！」禮維在內心詛咒。這句話沒有令他感受到絲毫的舒坦，反而對自己產生了巨大的厭惡——我怎麼會變成這樣的人？

宛如拯救他的聖音，禮維的手機響了，是妙♡的訊息：「你們在嗎？」

手機接連鈴響，禮維打開了電腦，點開對話框，只見妙♡才傳一則「聽說越南要撤僑」的訊息，Miya已經開始轟炸：「這麼好！」「我還沒拿到美國護照啊！」「不公平！」「還是我可以混進去？」

妙♡打斷了她：「我還沒決定要不要去。」

「幹嘛不去？」

「……我不要說。」

「幹嘛不說？」

「說了你一定會罵我。」

「保證不罵。」

妙♡停頓許久，終於回覆：「我想在台灣開店。」

Miya 不出所料，馬上炸開：「白癡嗎？要戰爭了開什麼店？」

「我又不是現在才想開店！想很久了！而且你說不會罵我！」

禮維看著她們倆吵架，忍不住笑了出來，同時也安心得有點想哭。

他最近很常跟她們聊天，雖然三人多少會避免給出真名、工作職位、居住地點，不過聊天的過程中，禮維還是大概知道了這兩人的概況：妙♡二十五歲，來自越南，在機構當看護工，沒有班的時間，會偷偷去「按摩」，多賺一點錢。她在台灣待很久了，特別喜歡做指甲，想開的店就是指甲美容搭賣越南小吃。

Miya 則比較神秘，她說是韓國人，可是訊息時不時會迸出一些日文字，說自己是白領的朝九晚五上班族，但又總是在一些詭異的時間上線，例如在凌晨五點說要去睡覺。妙♡和禮維私聊時，總是猜 Miya 搞不好才真的是外國的間諜。

「還有那個白癡！」Miya 把苗頭轉向禮維。「你還需要想什麼？你快十八了，不用當兵？就算你不用當兵，你爸呢？有些人想走還走不了！」

「老師說不會全民皆兵……」

「你怎麼知道？你怎麼敢相信？萬一他講好聽話是為了讓你不要亂跑？」

禮維啞口無言，他還真的不知道該相信什麼。

「我還真不懂，台灣有什麼好的？」Miya 說。

禮維想起了阿翔和那些同學，不知道該怎麼回答，看著螢幕，良久沒有動作。

妙♡倒傳來了訊息：「很多台灣人，對我們越南人不好，對外國人也都不好。」她停頓了一下，又傳來下一則：「可是每個人都不一樣，我遇到很多好人，他們讓台灣像一個家。」

群組陷入沉默。

結束對話後，禮維躺在床上，想著自己為什麼想留在台灣，不知為何，他想起之前高二，他和小斑、小斑朋友安琪等人去爬合歡山東峰。禮維做了萬全準備，跟小斑一起練跑，訓練心肺；為了避免佳如反對，他捏造一套參加兩天一夜營隊的說法，還提早拍好照片當「偽證」，以免被查勤。

終於到了上山那天，禮維一開始很興奮，跨大步向前，可是隨著高度上升、體力下滑，他開始喘氣，肺部像是被捏住，空氣進不去。「放棄」兩字在他心裡出現了無數次，不過最後還是堅持了下來。

而在登頂的瞬間，他覺得一切都值得了。

沿途沒辦法分心欣賞的風景，此刻都一覽無遺：翠綠的群山包圍了他，無論往哪一頭看，都是連綿的山峰，一座接著一座。不曉得為什麼，這讓他想起在抗爭場合看到的一個又一個人，一張張帶著企盼的臉孔。

那畫面很美，或許這就是他捨不得離開的原因。

禮維突然很想跟小斑聊天，想知道想小斑最捨不得台灣什麼，想知道搬出去後又有什麼感覺。可是小斑不在線上，算算時差，應該還在上課，於是禮維又玩了一陣子遊戲，想等小斑下課回家。偏偏一小時又一小時過去，眼見窗外天色漸亮，仍遲遲等不到小斑的回覆，他只好關掉電腦，躺到了床上。

渾身痠痛加上累積一整天的疲倦，禮維很快就進入夢鄉。

四、對錯

禮維又夢到了那個男孩，只是這次不是在上海，而是在同志遊行的現場。太陽高照，許多人穿得紅紅綠綠，一個中性的人畫著妖嬈的眼妝，對戴著口罩、相當低調的禮維拋了個媚眼。

禮維慌亂地看向地上，往旁邊一瞥，剛好看到男孩用彩虹旗把自己包在裡面，躺在路肩中央，宛如英勇戰死的軍人。

「你在幹嘛？」禮維好氣又好笑地問。

男孩跳了起來，在隊伍裡面亂鑽，禮維在後面慢慢跟著：「你第一次來？我來過……兩次了，每年都有，小斑說這已經辦了二十幾年……」忽然，前方似乎有什麼有趣的東西，大家都開始拍手、尖叫，男孩因為身高矮，一直跳高，還是淹沒在人群中。禮維把他抱了起來，放到肩膀上——原來自己在夢裡力氣這麼大！

「他們在幹嘛？」現在換禮維看不到，只能大聲問男孩。

一滴雨滴打到了禮維，他抬頭，天色變了，下起滂沱大雨。禮維的鞋子很快濕掉，裡面積了一層水。他舉手要把男孩抱下來，可是摸了個空。

男孩不見了。

禮維四處張望，發現男孩站在花車上，一個蒙面人拿著槍對準他的頭。禮維大驚，正要大聲呼救，卻見蒙面人改把槍指向他。

「你有資格快樂嗎？」

禮維驚醒，全身都是冷汗，門邊傳來敲門聲，接著是門被打開的聲音，禮維連忙抓起棉被，把自己的頭埋進去，假裝還在睡覺。

「禮維？」是佳如。「你今天有空嗎？」

禮維緩緩把棉被拉下來，小聲嘀咕：「你們不要都自己開門啦！」但看到佳如眼睛底下的黑眼圈，又閉上了嘴巴。

早餐後，禮維和佳如一起搭上公車。班次明顯變少了，路上的警察變多了，有一次，禮維注意到一輛車，裡面載的人疑似穿著墨綠色的軍裝。禮維心裡感到沉重，或許和 Miya 說的一樣，他真的低估了情勢。

佳如看起來心情不太好，禮維不知道該說什麼，只能低頭滑手機，讀著小斑的訊息，解釋她昨天去徵選學校音樂劇演出，比較晚回家，還興奮地說，她被選中了，沒想到非母語的她也有機會！長長訊息最後，只有短短一句，快速問禮維找她有什麼事。

禮維看著小斑享受新生活的歡欣鼓舞，不知道為何有點鬱悶，昨晚的亢奮也早已消耗殆盡，原本比較傾向「留」的天秤，又歪向了另一邊。面對螢幕另一頭的人，一時之間千言萬語，卻無法形塑成短短幾行字，最後只是放下手機，什麼都沒回覆。

他們來到外公臨時暫住的安養中心，原本住的那間已經關閉，佳如不想給人添麻煩，就先轉到了現在這個——儘管也不知道還能撐多久，作為少數還在營運的安養中心，這裡已經人滿為患，外公的床位也被塞到了最角落。

佳如去和職員討論事情，禮維看著看護工急促地為外公拍背、翻身，處理排泄物，有點難想像這樣的外公要怎麼搭飛機。萬一路上發生什麼問題呢？他聽佳如說過，其他親戚不是已經飛走了，就是堅持不收這個人。

禮維看著外公，他一臉呆滯，伸手拍打禮維的手臂，好像想表達什麼，但又說不出來。禮維下意識往後退，忍不住看向遠處的佳如求救。

「阿公只是跟你打招呼啦，他今天心情好！」看護工有東南亞的口音，親切地拍拍禮維的背，趕著去照顧下一位長輩。禮維認不出她是哪一國的，他忽然想起了妙♡，她每天在做的，就是這樣的工作嗎？她最近也很忙嗎？至今沒見過面的他們，會不會即使擦身而過，也不會發現彼此？

禮維悄悄走出了房間，四處張望，大部分空間都塞了超過原本應有的人數，少得可憐的職員和看護四處奔走，每個人臉上都寫著大大的「累」字。禮維想到《末日邊界》遊戲世界的虛無、寂靜，沒想到原來在末日真正發生之前，其實是更多的混亂。

前台有人在吵架，那聲音十分熟悉，令禮維感到意外，他朝那邊走去。

「你們不能這樣亂漲價，我阿嬤已經在這裡多少年……」

「現在人力就是不夠，不然你們接回去自己顧。你爸呢？今天為什麼沒來？這種事還是要跟他討論……」

「最近工地都停工，他在找工作。王姐我跟你說，你要討論，只有我，我弟，他十二歲，或我妹，十歲，三個選項給你選。」

「你不要再胡說八道，你叫你爸過來……」

禮維的出現令眼前的職員停了下來，熟悉聲音的主人也轉頭看向禮維的方向——他是阿翔。

兩人大眼瞪小眼，禮維除了震驚，沒有什麼情緒表現，阿翔臉上閃過幾秒的窘迫，但馬上恢復鎮定，不悅地瞇起眼，看似要說一些不好聽的話，這時職員先開口：「阿翔，你同學啊？」

阿翔似乎突然想起身邊還有其他人，緩緩把話吞回肚子，扯出一個笑容說：「王姐，那我跟我爸討論，明天再來。」

阿翔走過了禮維身邊，禮維不知道該做何反應，囁嚅準備開口，阿翔卻狠狠地用肩膀撞開禮維。

禮維應該要生氣的，可是不知道為什麼，他感受到阿翔的那用力一撞，裡面藏著很深的脆弱。他看著阿翔的背影，想起 Miya 說的：「有些人想走還走不了」。

禮維回到房間，還有點驚魂未定，深呼吸了幾次，才走進去。佳如正在外公床邊，若有所思地看著他，在一片混亂的情境裡，那個角落竟然顯得如此寧靜。禮維走到佳如身邊，她如夢初醒，微微一笑，示意禮維拉一張椅子過來。

佳如拿出了一張照片給禮維，上面是個年輕的帥氣男子，他環抱清秀可愛的小女孩，前面還有個插著蠟燭的蛋糕：「我上次去你外公家，找到這個。」

禮維接過那張照片，仔細端詳，上面的帥氣男子和眼前臥病在床的老人，真的是同一個人嗎？

「禮維，媽媽可能不去中國了。」

禮維愣住，佳如卻看起來相當平靜，她看著躺在床上的外公，輕聲說：「你外婆說，他當年就喜歡幫忙別人，以為自己在做好事，幫朋友作保，最後變成現在這樣。也不是說就不怪他了，但……人生的最後幾年，陪他走完，也是命吧。」

「可是……」

「而且，媽媽的機票也被取消了。」佳如苦笑，「好像說什麼，因為我連署過支持香港抗議。」

禮維聽不太懂她的意思，然後他才理解，臉上露出不可置信的表情：「那都多久……」

「事實就是這樣，你爸昨天跟我說了，所以他才這麼苦惱。」

兩人陷入沉默。禮維忽然有些舒坦的感覺，心裡的天秤又回到了原本的那邊，他深呼吸，看著佳如說：「那我也不……」

「你要去。」佳如打斷了他。

禮維詫異：「為什麼？」

「因為我希望你平安長大。」佳如伸出一隻手，輕輕貼著禮維的臉頰，然後順著上去，撥弄禮維的頭髮，輕聲說：「你去那裡，不要講太多話，把你想的放在心裡，這樣就沒事了。」

「媽……」

「他們就是這樣的地方，上頭都不會講得太清楚，只會暗示他們想要的方向，所以底下的人會更用力地『找規則』，找到之後，就更用力地遵守。你之後過去，也要學會……」

「我不想要……」

「我很後悔。」佳如厲聲說，臉上帶著哀傷，但隨即又把語氣放軟：「因為我多嘴，工作、機票，都沒了。我……我以為我在做對的事。其實，我就跟你外公一樣，自以為在做好事，結果根本沒有，把所有事都弄得更糟糕。現在，我連陪你長大都做不到。」

禮維沒有看過這樣的佳如，從他有記憶以來，她一直都堅定地對抗她認為不對的事，即便那代表會被人在背後嘲笑、辱罵，她也只會笑笑地說：「人家要怎麼看，我們管不著。」禮維有時候會有點生氣，氣自己懦弱，無法跟她一樣，但現在的佳如，看起來卻好憔悴，禮維看到她的頭上，隱約露出了幾根白髮。

「那不一樣！」禮維站了起來，焦躁地開始來回踱步。「你跟外公，那不一樣……」

佳如微微苦笑，沒有阻止他，只是安靜地幫躺臥在床的外公拉了拉被子，也順帶收起了情緒。

五、天真

小斑的背景晃動相當嚴重，一下晃過草地，一下對準天空，然後才喬到對的位置，小斑終於出現在畫面裡，她穿著好看的洋裝，剪了新髮型，從原本的長髮變成帥氣短髮。

「我朋友生日，我們在慶生。」小斑的聲音夾雜著風聲、背後的喧鬧聲，傳了過來，有個棕髮的女生走靠近小斑，在她耳邊說什麼，小斑爆笑，然後舉起畫面，用英文說：「我男朋友。」

「嗨。」禮維尷尬地打招呼，棕髮女生笑容滿滿地回應。

「抱歉啊，我算錯時差。你說想跟我講什麼？」

「我這樣是不是打擾你們……」

「不會不會，你想問什麼？」

後面又是一陣尖叫聲，響起的同時，小斑追著聲音往後看，然後才又趕快看回來，等待禮維說話。

「沒什麼，我只是……」

「等一下，你要大聲一點！」

「我只是在想，我要不要留在台灣！」

這句話出口，禮維感到一陣不安，他看向門口，希望志豪沒有聽見。小斑蹙眉：「我以為這件事已經決定了。」

「我……我在想要不要跟我爸說。」

「去不去都好吧，你跟我講這個沒有用，你要跟你家人講。」

「我知道啊，我只是想，也可以聽聽你怎麼想……」

「你知道我的答案啊。」小斑身後那群人又是一陣歡呼，有人似乎再叫她，她笑著轉頭，喊了一些什麼，然後再轉回來，急促地說：「中國本來就不該去啊！你爸喜歡中國，那是他的事，你為什麼要自己從自由的地方，跑到沒有言論自由的地方？自由不是隨便就有的。我們都講過那麼多次了，你一直說沒辦法、沒辦法，那我當然也覺得你問我沒用啊！」

禮維沉默，小斑嘆了一口氣，想要彌補什麼似地安撫：「沒有啦，我也只是覺得，台灣是真的很棒……」

「你又知道什麼了？」說出口的瞬間，禮維就後悔了，但也來不及了。

「蛤？」

「你……」禮維糾結著要不要說，但腦袋裡浮現的字句卻直奔嘴邊：「你不在這裡，戰爭如果發生了，會被空襲的是我們，會沒食物、沒水的是我們，要是被統一了，要承受所有壞事的也都是我們，你已經走了，你永遠都不會懂這種壓力！這種……」

「那你又懂什麼？」小斑的臉上的表情明顯在說，她很受傷。「你知道這個時間不在台灣，想到……想到那些對我很好的學長、學姊、前輩，我有多內疚嗎？你知道我有多努力才能不要一直想這件事，才能好好生活……每天晚上……每天晚上我都在想……」

小斑背後的同學們又是一陣笑鬧，只是這次小斑臉上再也沒有笑意。螢幕兩邊的兩人再也說不下去，凝視著彼此，遲遲沒有掛斷視訊通話，卻也找不到下一個話題，好像網路卡住、永遠停格在那一刻。

禮維知道，與其說志豪是喜歡中國，不如說，他喜歡待在中國的自己。

志豪每次回台灣家族聚餐，總是很自豪地說著，二〇〇八年金融海嘯，全世界都遭殃，親美的國家都被拖下水，但他看對局勢，帶著妻子和一歲不到的禮維跳往上海創業當台商，做太陽能，十餘年過去，和中國企業一起衝出世界上最大的太陽能光伏和熱能市場。

志豪回到家也會繼續講，他說大家背後都在偷說壞話，把他的成功當成是中國對台優惠，但他嗤之以鼻——那麼多台商做不下去、夾著尾巴逃回台灣，在中國那麼競爭的社會，誰都想騙他的錢、搶他的技術、奪他的廠房，政府還朝令夕改，可是志豪關關難過關關過，用盡一切手段存活下來。

「如果我留台灣當工程師，薪水也許不錯，但終究只是小齒輪。現在我回到台灣，我會受邀演講！」志豪這樣說時，驕傲足以漫溢整個房間。禮維也知道，他和媽媽從來不需要擔心錢，都是歸功於爸爸。

如果志豪可以選，他會希望全家都留在上海，不要回台灣。偏偏佳如不喜歡上海：「那不是可以一直住下去的地方。」優點她都是知道的，洋氣的街道、精緻的享受、老上海的懷舊，但她不喜歡城市的步調，好像稍微走慢了一步，就會被人碾壓過去；上海人講話對她來說也太大聲、太直接，正如她不習慣上海的晾衣文化，大咧咧把自己的內衣外褲都一竹竿吊到外面。

她討厭政治和文明標語，好像出一次門就要被宣講十幾次，也厭惡冬天從北方吹來的髒空氣，天空白茫茫一片，不戴口罩出門都不行。可是在這些瑣事之外，佳如真正沒適應的，是那種對於發展、往上爬的追求，那時禮維一歲都不到，她就被好幾個台商太太、上海鄰居追問小孩學前教育的安排。

佳如回台灣後，聽說了這叫「狼性」。她理解，也許那就是中國成功的關鍵，十四億人口的大國，不著急一點，隨時可能被吞沒。但她不認為人生的一切都要為了成功汲汲營營，有些東西對她來說是更重要的，例如體諒與善良，又或者是公平與正義——那些志豪會稱為「有也很好，但不夠現實」的東西。

最後佳如選擇帶禮維回台灣，志豪繼續在中國經營公司。

禮維不太記得中國的事了，他知道台灣網路上很多對中國的負面發言，例如說他們髒亂、沒水準，兩國鄉民時不時會在網路上「互撕」，每隔一陣子，就會有台灣藝人又被強迫說自己是中國人，或是有台灣藝人說自己是台灣人而被「小粉紅」群起而攻之。幾年一度的體育盛事，必定會有台灣選手被刁難，這種時候，台灣對中國的仇恨值又更高了。

禮維記得，台灣有個玩笑話，勸阻大家不要自殺，因為「投胎有百分之十的機會成為中國人」。

但對禮維來說，中國遠遠不只是那樣，他知道爸爸在上海很快樂，從爸爸口中，也知道上海生活環境雖有缺點，但優點大過缺點，尤其有關效率。志豪一再強調，中國政府是獨裁了點，可是要掌控十四億人口這麼龐大的數字，不犧牲掉一些自由，甚至是一些人，是不可能的，國家會分崩離析。他作為一個公司的老闆，對此再清楚不過。

禮維也一直都知道，中國有很多好人，他見過爸爸的朋友，他們都很好，會給他帶小禮物、過年會包紅包給他，使用同一種語言，擁有近乎是同一種的文化，也把他當家人照顧。

如果問禮維是否喜歡中國，他會說，他可能不太喜歡中國政府，但對於這個國家，他沒有喜歡，也沒有不喜歡。他也不懂，為什麼一定需要喜歡或不喜歡？如果是日本、韓國，他有一定需要喜歡或不喜歡嗎？

志豪心煩地翻找櫃子，尋找他以前送給佳如的金飾，佳如爸爸的機票還沒買到，佳如的機票竟先被取消了，王宇叫他跟佳如切割，怎麼可能呢？都已經結婚，還有一個小孩了。志豪試著從其他方法找機票，被開的價卻越來越高。

而且，志豪一直沒有告訴妻子、兒子的是，他其實被鬥掉了，一個月前的股東會，志豪被解除了職位。王宇一直勸他，這只是避避風頭，可是現在連機票都買不到了，志豪開始懷疑，他是不是已經成為棄子。

但他的字典裡沒有放棄，他要回到中國，重新證明自己，把公司搶回來，不行，就再創一個。他沒有打算放棄，都努力這麼久了，他這輩子的每一天都在努力，別人在睡覺的時候，他在工作，別人在工作的時候，他加倍工作。兢兢業業二十年，這樣的他沒有要放棄。

志豪聽到後面有敲門聲，他嚇了一跳，連忙闔上櫃子的抽屜。

禮維怯懦地站在門邊，欲言又止。志豪從來沒有告訴禮維，他最看不下去的，就是這副德性，一定是被佳如教壞的，必須趕快帶禮維去中國，這樣他才會懂得跟人競爭，懂得表現自己，在這個適者生存的時代存活下去。

「爸，我們一定要去中國嗎？」

志豪眨了眨眼，過了幾秒才聽懂禮維的意思。

「你說什麼？」

「媽說她也去不了……」

志豪一聽到「媽」這個字，無可奈何地哼笑，禮維一聽到這個聲音，立刻閉嘴。

「禮維，你知道如果戰爭的話，這裡有多危險嗎？」他試著講理。

「又不一定會真的打起來……」

「一定會，這次不會，也還會有下一次，遲早的事。」志豪語氣轉為強硬。「你就這麼不珍惜自己的生命嗎？你知道你小時候身體不好，我們花了多少錢、多少心力，才讓你身體變好……」

禮維不耐煩地說：「我知道……」

「不，你不知道，你不知道我為你，為這個家，付出了多少。」志豪所有的煩躁、怨氣、不滿，全部傾洩而出：「你跟你媽一樣，你們都不懂，不懂什麼叫做努力，什麼叫做不放棄，我還在努力幫她、幫她爸找機票，就為了我們全家可以在一起，但她竟然說什麼，她不去了？我們是家人！我們是家人欸！如果可以這麼輕易就分開，那我們何必當家人？我所有的努力又算是什麼？」

禮維被志豪嚇到了，什麼話都說不出來，志豪想要發洩怒氣一般，重新開始翻箱倒櫃，乒乒乓乓乒乓乓，聲音暴躁到像是要把整個家都拆掉。

六、決定

禮維和男孩坐在破舊房舍裡的木桌兩端，男孩拿起一把小圓石，在桌上排出了一個大三角形，把裡面填滿，又開始往上蓋，好像在做一個……

「金字塔。」男孩自豪地說。

「金字塔底下是方形，不是三角形。」

男孩聳聳肩，繼續疊石子，不理禮維。禮維苦笑，他環顧四周，泥土糊的牆，門口隱約可見乾掉的草鋪成的屋頂，在房內角落，還有一個搖籃。

「你住在這裡嗎？」

「這是你想像我住的地方。」男孩小心翼翼拿著石子，放上「金字塔」的最尖端。「你忘記為什麼你要這樣想像了嗎？」

禮維還沒回應，男孩微微一笑，用力把「金字塔」推倒，所有的小石頭都開始滾動，一個又一個排隊似地在桌邊墜落。

為什麼在這個時間想起這個夢？禮維渾身顫抖，縮在廁所隔間的牆角。他扶著牆面，讓自己坐挺一點，好像這樣就可以更有尊嚴一些。他全身都濕了，是剛才阿翔弄的，他和幾個跟班，趁下課時間把禮維鎖進了男廁。

在安養中心撞見阿翔之後，禮維原本以為可以對他多一點理解，也能試著談一談。但阿翔完全沒給他這個機會，只是變本加厲，對禮維更加不客氣，每次經過都一定要讓禮維身上多個瘀青。

終於，這次阿翔在民防課前的下課，和幾個跟班把禮維推進廁所，他們拿水管往他潑水，把門反鎖了起來。在推擠的過程中，禮維掙扎地說：「我不懂，為什麼一定要這樣……」

他清楚聽到阿翔低聲說：「我輪不到你來同情。」

下一秒，門在禮維面前被關上，外面窸窸窣窣，有其他同學的聲音在問：「你們在幹嘛？」禮維連忙用力拍門板，大喊救命。

「裡面有間諜！」阿翔說。

接下來，就再也沒有動靜了。上課鐘響，禮維知道這樣就更不會有人經過了。他用力往上跳，想要勾到隔間的板子頂端，爬到隔壁間，但他不只勾不到，掉下來時還一腳踩進了蹲式馬桶的水窪，馬桶水滲入他的褲子、鞋襪，他感到一陣噁心。

他還不想放棄，想起電影裡那些把門撞開的畫面，試著輕輕撞了幾下，再用力地推了幾下，門當然沒有動。他深吸一口氣，用全身的力氣撞了過去，門依然沒動。禮維後退到了牆角，在侷限的空間助跑，順勢往前、整個人撞向牆壁。

碰一聲巨響，門始終如一，紋風不動，禮維卻因為自己的力氣而往後跌，尾椎重重撞上馬桶的圓頭。他不自覺發出哀鳴，痛得跪坐在旁邊，額頭靠向地板，再也顧不上有多髒、有多噁心。這一刻，他覺得自己有夠悲哀、有夠無能，這樣的他，竟然還想……

禮維笑了出來。

是啊，他忽然意識到，自己想留下來，以為可以為這塊土地戰鬥，這是多荒謬的一件事，他甚至連個廁所門都撞不開！這樣的他留下，戰爭一來，肯定會死掉吧。

他縮回了剛才的角落，靠牆坐下，這一次，他是真的放棄了。他理解了佳如的無力感，有些事情，沒辦法改變的，真的就是沒有辦法改變，他以為他可以選擇，但事實上，多數人在這世界一出生，就沒有選擇了。

他試過了，但他失敗了。

打掃時間，禮維才被一頭霧水的別班同學放出來，沒有回教室，禮維直接回到家。快速地沖澡、把髒掉的衣褲鞋襪都丟進洗衣機後，他從床底拿出了行李箱，準備開始打包。

在開始收東西前，他走到電腦邊，打開和小斑的對話框，想了一下，又關上。接著他打開和妙♡、Miya 的群組，寫道：「我決定去中國了。」

禮維繼續收拾行李，他把衣櫃裡比較常穿的幾件衣服、褲子丟到床上，把牆壁上貼著的照片一一拆了下來，丟到桌上，同志遊行的那張照片掉到了地上，禮維沒有去撿它。

他把一些要帶的東西丟到床上，但真的開始整理，他才發現，其實也沒什麼非帶不可的東西，他就是個無趣的人，他身上所有可以稱之為有趣的事物，都是別人帶來的，如今媽媽要留在台灣、小斑遠在太平洋另一端，而這些他曾經珍惜的東西，例如群山、例如遊行，都再也見不到了。

他其實就只是個空虛、空洞的人而已。

電腦傳來訊息提示音，禮維抬頭，看向電腦，傳來訊息的竟然不是妙♡，而是Miya：「什麼！問號！我才要跟你說，我不去美國了！」

什麼？禮維覺得自己才滿頭問號，他坐到了電腦螢幕前，帶著點不滿情緒打下「蛤？」，傳給了Miya。

「我談戀愛了。」Miya絲毫沒有感受到禮維的傻眼，完全沉浸在自己的粉紅泡泡中。「他是台灣人，是大笨蛋，可愛的大笨蛋。」

「美國呢？」

「我護照拿到啦，以後還是有可能會去，但現在先不去。」

可以這麼輕率地做決定嗎？禮維還在納悶，Miya已經連續傳了幾張拙劣的手繪示意圖，嘰哩呱啦說明自己男友有多帥，之前在千鈞一髮之際救了自己，然後聰慧如她又反救了他。

雖然很想吐槽「朝九晚五上班族為什麼需要被救？」，不過看著眼前被粉紅炸彈轟炸的對話框，禮維也只是好氣又好笑地搔搔頭，原本低迷的心情，莫名平穩多了。

禮維躺在他丟出來的衣服堆上，緊繃的肌肉終於放鬆了一些。這讓他突然覺得有點想睡，眼皮越來越沉重。不行，要整理行李……禮維這樣告訴自己，身體反而更深地沒入棉被與床鋪之中。

把禮維吵醒的，是爸媽的爭執聲。

禮維發現自己置身黑暗之中，才意識到已經晚上了。他揉揉眼睛，慢慢走向門邊，門底的縫隙是唯一的光源。他打開門，光線更大量地從門縫流進房間，這時，禮維聽到自己的名字，下意識停下腳步。

佳如和志豪坐在餐桌兩邊，臉色沉重。

「就算是家人，也可以走不同的路。」佳如緩慢，但是堅定地告訴志豪。

「你不能這樣，你不能丟我一個人！」志豪的臉因為痛苦而扭曲。「當初你也是這樣，你讓我一個人處理禮維手術的事。」

佳如沉默。

「你可以喜歡你的公平正義，乾乾淨淨，可是你不能都把骯髒的事丟給我做。不要誤會了，我願意做，為了你們，我當然都願意，你們是家人啊，可是你不能這樣說不要就不要……」

「我一直很後悔……」

「在手術室的是我！我有看到那個小男孩！是我們……我們害死了他……」

禮維關上了門，阻止了光線進入他房間。他背貼著門，緩緩坐下。

不用聽完，他就知道他們在講什麼，那是禮維一直不想面對的噩夢。

在志豪提到「要去中國」之後，禮維隱隱約約就感覺到，他遲早需要面對這件事，不管多麼努力地不去想，都無法逃開。他不想去中國，也許有一部分也是因為如此，只是他不想，也不能承認。

禮維拉開了上衣，看著腹部下側的長長疤痕，指尖摸著凸起的皮膚，從頂端順著繞過肚臍，再到下腹。禮維想像在那底下運轉的器官，也想像那器官，到底來自誰。

夢境一再出現的男孩出現在他面前，抱著膝蓋，蹲在禮維前面。

「都是我的錯，對不對？」禮維在心裡說。

男孩面無表情，直勾勾地看著禮維。

禮維露出一個虛弱的微笑：「就連想像出你，也是因為我自己的內疚、自私。」

他開始有這個懷疑，是因為佳如每次談起這個手術，表情跟語氣都不太對。但真的確認有這件事，是在中國買賣器官的新聞和紀錄片四處瘋傳時，禮維又問了一次。他至今都還記得佳如的表情，那個表情也讓他知道了真相。

但禮維馬上逼自己不要去想這件事，萬一小斑知道了，她還會想跟他在一起嗎？萬一同學知道了，他們會覺得他是殺人凶手嗎？一瞬間，他會不會就從一個普通人，變成一個罪人？明明這也不是他能決定的，為什麼他要承擔這一切？他轉而去怨恨志豪、佳如，他們才是做決定的人，但這沒有用。

他終究不是無辜的。

禮維看著男孩在他面前歪頭，好像一無所知，痛苦瞬間淹沒了禮維，無從掙扎，只能讓痛苦啃噬他的每一寸皮膚。也許他在學校所承受的一切，都是罪有應得，他只是在還債而已，他的每一口呼氣、吸氣，都是犯罪的證據。

男孩緩緩向前，用小小的雙手掐住禮維的脖子，禮維閉住氣息，想像空氣再也進不到他體內，就可以把這該死的循環結束掉，他的一命，還給這個世界，這樣就好了嗎？這樣就會平衡了嗎？

怎麼可能就會平衡？死掉的，已經回不來了。

肺部最後的空氣被用掉，禮維還是忍不住張開嘴，大口換氣——空氣充滿肺部的感覺真好，那是活著的感覺。他眼神迷離，重新看向眼前男孩模糊的輪廓，為自己的軟弱感到無比厭惡。他用沙啞的聲音小聲說：「對不起。」

禮維曾有過很多說服自己的方法：也許那個男孩本來就會死，如果是窮到要把小孩賣掉的家庭，就算活著，也會活得很苦；又或者，往更宏觀的方向去想，這世界上誰沒掠奪誰？富人掠奪窮人，強者壓迫弱者，國家跟國家是如此，人跟人也是這樣，這就是世界運轉的方法。

但這終究是在騙自己，不是嗎？

禮維伸出手，想要觸碰男孩，卻穿透了過去，男孩在他眼前消失。

「不要走。」

男孩再次出現，這次穿著寬鬆的病人袍，他的身體在巨大的病人袍下，顯得格外渺小。禮維看著男孩，兩手向祈禱一樣貼合，閉上眼，又說了一次：「對不起。」

他眼淚掉了下來，睜開眼，重新看向前面時，男孩已經不見了。

深夜，禮維做了一個選擇。

他重新打開已經一段時間不用的社群平台，找到了小斑好友安琪的頁面，那個曾寫下「台灣是我們的台灣」的女孩，他瀏覽了安琪所有的貼文，她最近在參與遊行時，看著與自己有相同立場、不同立場的人，都被打得頭破血流，她控訴親中派利用黑道、幫派，滲透台灣。她最新的一篇貼文，鼓勵大家投入抗爭、勇敢迎戰，選擇自己想要的生活。

禮維轉發了那則貼文，衝動成分居多，可是這份衝動，在他在床上翻來覆去的過程中，慢慢變成堅定的。

他想起了香港那些頭破血流的青年，疫情期間病死的吹哨者醫生。他知道在對面的國度，有人在笑的同時，有人正在墜入深淵，完全沒有為自己說話的機會。禮維知道，他不能成為那裡的一部分，即便留在這座島嶼，可能代表要接受所有的風險，但這是他的選擇。

禮維彷彿又看見了那個男孩，他向那男孩點點頭，真正下定了決心。

他這條命是有問題的，但既然都活下來了，就必須做能做的選擇，用他自己的方法，對這條命負責——沒有任何一個人該理所當然被犧牲，因為誰都可能是那一個被犧牲的人。

七、Z世代

民防課老師在教急救的方法，老師發下止血帶，阿翔正要把止血帶綁在一個同學的手臂上，禮維卻推開了那個同學，伸出手臂。阿翔瞇起眼，看不懂禮維在做什麼，但也沒出聲反對，就把止血帶綁了上去。

老師一聲令下，阿翔用力地旋轉止血帶的手柄，又快又狠，讓綁帶嵌入禮維的皮膚，旁邊其他正在演練的同學都發出哀嚎，大聲嫌痛，但禮維卻沒有任何反應，連眉頭都沒皺一下。

「夠了。」禮維說。

阿翔挑眉，又更用力地去轉手柄，即便已經緊到轉不動了。

「我不知道你到底在不爽啥，但真的夠了。」

阿翔覺得荒謬，挑釁笑道：「不然呢？」

下一秒，禮維扛著桌子，追著驚惶逃出教室的阿翔，全班同學都在驚叫，老師大聲喝止，但禮維彷彿完全沒有聽到。

阿翔不小心臉朝下滑倒，他連忙轉過身，用躺著的姿勢往後爬。禮維高舉桌子，大聲說：「我不是你的敵人！」他看向四周同學，那些之前袖手旁觀的、推波助瀾的。「我不是你們的敵人！」大家露出了內疚的眼神，但那對禮維一點意義都沒有，比起訴諸暴力的人，他更可憐什麼決定都不做、就只是照別人的決定走的人，就跟禮維自己一樣。

禮維把桌子舉得更高，阿翔眼睛瞪大，用手遮住頭，卻聽到爆裂聲是出現在旁邊，他一看，只見桌子砸在牆壁上，掉落地面，斷了一隻腳。阿翔正鬆了一口氣，但說時遲那時快，禮維朝他撲了過來，揪住他的領子，給了他一個又快又準的下勾拳。

禮維甩著手，驚訝於打人的那方，竟然也這麼痛。阿翔揉著下巴，不甘示弱地衝向禮維，而禮維沒有退縮，洩憤般、自虐般地回擊，投入這場誰都不會贏的戰局，兩人扭打成一團。

禮維和阿翔都被老師罰站，之前對一切霸凌視若無睹的老師心虛地說，這次先動手的是禮維，但阿翔也有錯，所以都罰。

他們站在辦公室門口，一個看左，一個看右，互不理睬，兩個人都鼻青臉腫，禮維的眼角發紅，阿翔的嘴角破了，衣服上的扣子還掉了兩顆。

禮維忽然深吸一口氣，用整條走廊都聽得到的音量說：「我不走了！」

辦公室裡面的老師、附近班級的同學都忍不住偷看，但禮維沒有理他們，伸手推了阿翔的肩膀，逼他直面彼此。禮維原本以為這會再次激怒阿翔，可阿翔只是露出了不可思議的表情，上下打量著禮維，過了良久，才吐出一句：「你白癡嗎？」

「蛤？」

「你能走，幹嘛不走，真的這麼想死？」

禮維咀嚼著阿翔的回應，終於理解什麼似的，有點不可置信地問：「所以，你在害怕嗎？」

「怕你媽啦，怕什麼？」

原來是這樣，禮維笑了出來。「原來你也會害怕。」

「誰怕啦！」

禮維看著阿翔，不再有厭惡或是憤怒的情緒，也不是上次在安養中心時覺得他很辛苦的心軟，只是平行地把他作為一個普通的人。

「我怕啊。」禮維坦白地說。

阿翔不語，嘴角隱隱抽動，他把頭轉了回去，面向前方。禮維也把頭轉正，望向同一個方向。在他們眼前的視線裡，剛好可以看到遠處的操場，那個他們第一次鬧翻的地方，他們第一次打球的地方。禮維好像回到了那天下午，阿翔看到他投籃，球在天空畫出了一個俐落的圓弧、進框，阿翔昂首笑道：「你不錯欸，要來一場？」

後來，志豪一個人走了，佳如有傳訊息問他是否平安抵達，但他的回覆總是很簡短，像是「沒事」、「很好」、「嗯」。

佳如把外公接回家，讓出他的床位，給真的沒人能照顧的長輩。長照不容易，好在附近社區和非營利組織合作，重啟了日間照顧中心，讓需要上班的人可以喘口氣。佳如看到那邊缺人，乾脆去應徵臨時工，每天帶外公過去，順便跟其他有長照經驗的人學習。

日子很平靜，只是偶爾會停電，也會有空襲警報。禮維花了很長一段時間，才真的學會不要被恐懼左右，做該做的事。每當他害怕到不知所措，他都會摸著自己腹部的傷疤，提醒自己，這條命本來就是撿來的。

小斑回訊息的速度越來越慢，他們從來沒有去討論上次的爭執。禮維理解，小斑和自己，各有各的難題要去面對，沒有對錯，只是走上了不同的路。某次禮維和她說晚安後，她就再也沒有回覆了，禮維也選擇不去追究。

也許她有了新的重心，又或者是她決定跟過去做一個了斷。無論是哪一個，禮維都接受，甚至有點慶幸她先做了這個決定，不然以自己的個性，可能還會再拖一段時間。

生活裡少數的亮光，來自前陣子和妙♡的初見面，或者該說，妙玉——終於知道了她的本名。妙玉最後決定先回越南，她判斷短期內要在台灣開店太難，而且自己的存在，甚至可能會跟在地人爭奪資源。她家鄉的父母也很擔心，儘管他們的過度擔心亦是妙玉逃離老家、來到台灣的原因，但終究父母是父母，她不希望他們每晚都睡不好。

禮維騎了一小時以上的腳踏車，去港邊和妙玉碰面。見面時，雖然是第一次見，但他感到無比熟悉，這個陪伴他度過難關、溫柔又堅定的她的模樣，彷彿不需要實際看到，就已經知道了。妙玉回越南後，禮維時不時會跟她聊天，她總是說想念台灣，希望有一天可以再回去。

而Miya，那個神秘的女子，她明顯和台灣男友熱戀中，每一次和禮維聊天，都在抱怨男友笨，語氣卻充滿寵溺，有時候禮維問她擔不擔心戰爭，她會脫離一下歡欣的狀態，進入沉思，坦承假設美國再次示警，她會有點猶豫。不過沒多久，她又會開始說男友的小事，例如，他們在路邊撿到了一隻浪犬，實在太可愛了，就收編了。

另一件神奇的事是，禮維和阿翔變成了朋友，有時會一起打球或打遊戲。禮維會邀請阿翔到家裡，打《末日邊界》，什麼都擅長、運動身手矯健的阿翔，意外很不會玩遊戲，每次操作角色，都會開發出一種新的死法。禮維想幫忙，阿翔卻名符其實地「死都不要」，讓他好氣又好笑。

停電的時候，他們會去學校操場，從倉庫裡摸一顆籃球出來，一對一鬥牛，禮維每次都會輸，不過最近他球技也進步了，時不時還可以嘲弄一下阿翔：「比你打《末日》進步得還快。」

一天，他們坐在球場上喝飲料——前陣子佳如一口氣在家裡囤了三打運動飲料。天空飛過了幾架戰鬥機，禮維和阿翔已經都沒有什麼緊張的感覺，就是平靜、沉默地注視。

「我上次看到，有人說我們是『Z世代』。」禮維說。

「是喔。」

「有人說，我們就是過太爽了，民主富二代，又剛好社會安定、有錢，都不知道辛苦是什麼，只會滑手機。」

「有啥鬼啦？這叫安定嗎？」

天空又響起了戰鬥機飛過的巨響，他們仰頭看向天空，這次是飛往不同的方向，和剛才留下的飛機雲，在空中剛好畫了幾個巨大的叉。

他們再次沉默，感受著宛如暴風雨前寧靜的氛圍。阿翔忽然開口：「是說，那Z之後呢？還有東西嗎？」

禮維歪頭：「不知道，查查看？」他拿出手機，才想到現在沒網路，又把手機塞回了口袋裡。

「還是 Z 就代表是最後了？接下來就要世界末日了？」

「這麼慘嗎？所以我們被生出來，活沒多久，就準備要看世界毀滅。」禮維苦笑回應。他又不自覺地摸向自己的疤痕，眼前浮現了很多畫面：瀰漫城市的煙霧和逃竄的人影，不同膚色的軍人搭飛機前往某個前線，政治人物在新聞台呼籲和平，卻宣布開戰，高樓攔腰折斷、矮房被埋在瓦礫之下，監獄裡被毆打的囚犯，原子彈、生化武器、資訊戰。

阿翔打斷了他的幻想：「不會啦，人類這麼難搞，應該會有人活下來，來個什麼，末日世代？」

禮維皺著眉：「什麼末日世代？」

「外星世代、超能世代、妖怪世代……變種人世代！」

他們都笑了，阿翔飲料喝完最後一口，隨手把鐵罐拋向禮維，禮維手忙腳亂地接了起來，阿翔拍手叫好。禮維翻了個白眼，把鐵罐放到阿翔頭上，還剛好有達到平衡，沒有掉下來：「走了啦，回家了。」

禮維再一次看向天空，剛才飛機雲所畫的幾個叉，已經慢慢消散，留下萬里無雲的藍天。他閉上眼，深呼吸，告訴自己：一切都會沒事的。

STORY 3

回家的路

作者·四絃

零日攻擊
ZERO DAY ATTACK

零日攻擊
ZERO DAY ATTACK

一、選擇

若時間能夠倒轉，會重新做哪些選擇？

還會因為聯考分數剛好，所以念護理系嗎？仍會選擇現在的職場嗎？要不要留在台北討生活？會不會在適婚年齡結婚？會挽留那個離開的男朋友嗎？但是不是不管怎麼選，好像都會有做錯選擇的感覺呢？

此刻美芳站在房子的中央，環顧著住了超過十年的地方，思考要帶哪些東西踏上回家的路？平板電腦是去年手機門號續約時零元送的，原本想要在閒暇時追劇，但沒想到根本沒有時間，美芳一回到家就只想睡覺，所以那台平板電腦也沒用過幾次，現在網路斷斷續續，帶著走也沒用了吧？

前陣子全台大停電，囤了一點三號電池，後來美芳才發現家中根本沒有手電筒，現在要回家了，這一大把電池應該用不上了吧？

美芳想起了自己很久以前使用過的隨身聽，以前她很喜歡聽音樂，念書的時候要聽，坐公車的時候要聽，隨時都把耳機塞在自己的耳朵孔裡。阿母說這樣會臭耳聾，所以不准她聽，但美芳決定要北上工作的時候，還是把錄音帶與隨身聽都打包進行李，卻從來都沒有聽過，因為她到台北以後發現大家都聽 CD，現在的人都用手機聽音樂，更年輕的一代甚至連錄音帶都沒見過，奇怪的是以前這麼愛聽音樂的她，現在的手機裡卻連一首歌都沒有下載。

她把電池放進隨身聽裡，挑了一張以前最喜歡的張學友的專輯，按下撥放鍵，居然還可以撥放。

這張粵語專輯美芳聽了幾千次，是她省下午餐錢，假日的時候騙阿母要去學校自習，偷偷搭著火車跑到台中的唱片行去買。回程的時候她好興奮，在火車上忍不住拆開封膜，把新買的專輯放進隨身聽裡，回到家後每天都聽，這張專輯也小心翼翼的珍藏著。

雖然是不熟悉的語言，但她卻可以聽著張學友的歌聲忘了周遭發生的一切，她像當時所有少女一樣，風靡香港明星、看港劇與香港電影，沉醉在舊香港那摩登與懷舊共存的氛圍裡。但不知從何時開始，香港卻好像被她遺忘在前世，她再也沒有看過港劇與香港電影了。

張學友的聲音總是可以讓她心情平靜。去年張學友開演唱會，她本來想要去的，但是她想自己應該搶不贏其他歌迷所以就作罷，後來聽安養院裡的看護大姊說，去聽了張學友的演唱會，女兒上網幫她搶到了票，大姊親耳聽到張學友的歌聲好感動，眼淚都流下來了，彷彿回到的青春的歲月，好險有去。美芳好生羨慕，早知道這場戰爭要打起來，那時她就應該去聽演唱會的。

但是年輕一輩同事們卻說，蛤？張學友是誰？是韓流明星嗎？我現在只聽 BTS。

這個隨身聽還可以聽廣播，現在網路時好時壞，說不定她可以在路上聽聽廣播，知道現在的最新情形。

想來想去還是有太多的東西帶不走，只能打包簡單的行李，把家裡剩餘的食物放進保鮮袋裡放入後背包，拉掉冰箱的插頭，關閉房子的總開關，離開之前美芳還不忘去看看天台上的雞蛋花。

住在樓下的房東太太去美國以前，特地含著眼淚向美芳交代，希望美芳在連日無雨的日子為她的雞蛋花澆一點水，不用太頻繁，四、五天澆一次就好。

「對不起，在這個時候離開。」

房東太太向美芳道別時哭了。長居國外的兒女說，解放軍快要打過來了，而且台灣一定會輸，用十倍以上的價格為她買了一張單程機票，要她快點離開台灣。

一開始房東太太堅決不肯。打什麼打？吵了七十年的也沒有打過來，我要守著我的家，我哪裡也不去。但現在一天到晚停電、斷網，甚至還有總統已經連夜搭機潛逃到國外的消息沸沸揚揚，看起來真的有打過來的跡象，房東太太這才放下了堅持，決定搭機離開。反倒還是美芳安慰她，能離開是好事，戰爭就要開始了，大家都想離開，只是我們離不開。別覺得歉疚，快走，好好的活下來。

美芳今天也要回家，其實她早就應該要走了，遲遲沒能走的原因，是她堅持送要走安養中心最後一個住民才離開。但是現在人心惶惶，大眾交通運輸一片混亂，車班隨隨便便都誤點了好幾個小時，網路說斷就斷，還真的有一點大戰快要開打前的感覺，那是在幾個月以前都想不到的。

如果能夠回到過去，到底是從哪一刻可以遏止這場戰爭的發生？不知為什麼，美芳突然想起了那個清晨……

上午八點，一束日光從窗簾的縫隙中偷偷走進了室內，難得在這個時間醒來的不只有美芳，還有台北冬季總是翹班的陽光。看來今天是個好天氣，正是適合回家的時候。

美芳如此想著，默默下了床，迅速梳洗，想著要吃昨天下班後在便利商店買的特價即期肉鬆麵包與豆漿當早餐，換上外出的衣服、準備好兩天一夜的行李，然後出門去搭高鐵。

工作繁忙的美芳一直忘記要提早購買車票，直到前幾天，阿爸打來提醒，要她回家投票時記得要帶印章與身分證，她才想起有這件事。

平日阿爸鮮少主動打電話給她，只有在母親打來抱怨弟媳不聽她的話、弟弟婚後變某奴的時候，阿爸會趁著叫阿母減講歸句，不要為了一點雞毛蒜皮的小事打擾女兒工作，阿爸會趁掛電話前跟她說句話。

而最近幾年智慧型手機的普遍，更是造成美芳不小的麻煩，母親每天傳長輩圖也就罷了，自從前幾年到湄洲媽祖進香團，七天六夜團費只要一萬六千八百八十八，坐中國國籍航空，還住五星級酒店。

美芳擔心阿母受騙，在訂機票的網站上查了一下，光是機票就幾乎是這個價格，怎麼還住得起五星級酒店？殺頭的生意有人做，賠本的生意無人問，光想就覺得超級可疑。美芳叫阿母不要去，這種團不是一天到晚帶團員去購物站買東西，就是有其他的目的。但阿母小聲的說，是村里長招待啦，美芳也只能叫阿母要小心謹慎。

回來之後阿母一直跟美芳說中國多先進，她在大陸看到路邊小攤販賣台灣少見的燈籠果，看起來很好吃，想要買一點來嚐嚐味道，阿母拿了一百塊人民幣想要給老闆找開，老闆卻說沒有零錢找不開。導遊說，在中國人人都用手機支付，咱們早就不用現金這種落後的東西。

阿母從中國回來後告訴美芳，大陸比台灣先進不知道幾倍，大陸大城市建築一個比一個高，酒店一間比一間豪華，比台北漂亮多了，就算統一後變成中國人，也沒有什麼不好吧？

但這都不打緊，阿母自從回來之後不知道加入了什麼群組？整天傳一堆奇奇怪怪的訊息給她，從毫無根據的醫療保健、模板千篇一律網紅中國旅遊影片、到中國解放軍犯台，不用一天就可以拿下台灣的兵推模擬短片給她。

母親老是問美芳，阿共仔打台灣，是不是像桌頂取柑一樣輕而易舉？我們是不是應該準備一面五星旗放在家裡，等到中國真的打過來就可以掛在門前？這樣阿共仔就不會打我們了。

美芳不堪其擾，只能一直安撫阿母不要胡思亂想。這時阿爸才會出手阻止阿母，麥擱講那些五四三，從阿母手中接過電話後順便趁機跟她聊上幾句，叮嚀美芳要好好吃飯，叫頭路辛苦就轉來休息一陣子。她知道阿爸不是不關心她，而是怕打擾她。而這樣的阿爸幾個月前居然特地打電話告訴她，要她把這一天排休，回家投票。

以前美芳從來都不認為有在阿爸關心政治，村裡的長輩們聚在廟埕前的涼亭喝酒，一起罵天罵地罵政府的時候，阿爸只是靜靜的喝著酒，從來都不會發表任何意見。但是現在仔細回想，每次到了投票日，阿爸就會一大早默默地把身分證、印章還有投票通知書塞進口袋，然後跟阿母說「我出門一下。」卻也從來沒聽過阿爸向任何人提起自己支持誰或哪一個政黨。

她會追上前，拉著阿爸的手，要跟阿爸一起去附近的國小。那一天國小外擺滿攤販，她聞著食物的香味覺得嘴饞。阿爸會告訴她，去操場旁的大象溜滑梯等他，然後美芳一邊玩著溜滑梯，一邊看著阿爸走進國小的教室裡，等阿爸出來以後，美芳會叫阿爸買烤香腸或者吧噗把噗叫賣的冰淇淋給她。

阿爸總是會說，不要跟妳阿母說。

阿母討厭政治，美芳猜想阿母畢竟是個人生有半輩子以上都生存戒嚴時代的鄉下婦人，對政治有刻在脊梁上天然的反感。阿母也幾乎不去投票，阿母說嚎飽稍閒的人才有空關心那些有的沒的，賄選一票一千塊，早就注定好誰會當選誰不會，那個候選人關了這麼多次，還不是都每次當選？大家都知道他是大尾流氓、賄選、恐嚇、收賄樣樣來，但是每次到了投票大家還是投給他，政治就是這樣骯髒的東西，讀太多冊、想太多事就會有麻煩。

這是她小時候與父親投票日的小秘密，但是她始終沒有搞明白，阿爸說「不要跟阿母說」的那件事，到底是買了冰淇淋給她？還是來投票？

這次阿爸居然主動叫她回家投票，讓美芳深感意外，也從善如流的早早就把休假排好，預定要回家看看年邁的父母，投票只是順便，雖然她到今天為止連到底有哪些候選人、以及候選人又畫了什麼大餅給選民都不知道。

美芳一邊啃著乾巴巴的肉鬆麵包一邊滑著手機，想要臨時抱佛腳，看看要把印章蓋給誰，但無奈年紀大了開始出現老花的症狀，沒看兩行字就覺得眼睛酸，只知道現任總統宋崇仁力求連任。美芳對宋崇仁的印象也只有他不顧在野黨反對，強力的推動軍購案，好像是個主戰派的老狐狸；另一名熱門的候選人王明芳是女性，是台北市現任市長，好像有雙重國籍的爭議，可是形象清新。但也有人說王明芳根本就是民主黨的傀儡，她當選以後朝政只會被黨內的大老把持。

美芳看著網路上的簡介，發現王明芳的年紀跟自己差不多大，現在居然女性也可能成為一個國家的元首，時代真的不同了。

小的時候美芳曾在阿爸看著選舉公報的時候圍繞在阿爸身旁，看著那些大頭照，幾乎清一色是男性。

美芳問阿爸，為什麼候選人攏是查甫沒有查某？

阿爸或許不知道怎麼回答，所以胡亂塘塞。阿爸說，就像麥寮燒王船的時候一樣，查某不可以靠近王船，這個世間男女有別，有很多查某囡仔不可以做的事情，知某？

為什麼不可以？美芳沒有再問下去，囝仔人有耳無嘴。

算了，太難理解了，回家再看看選舉公報吧。或者回去再偷偷問問阿爸，這麼積極的叫她回家，是希望她把票投給哪個候選人？

昨晚到便利商店的機器上想要購買明天出發的車票，無論是台鐵還是高鐵，在下午四點以前，從台北到雲林每一個班次的對號坐都經售罄，看來大家都返鄉投票了，只能去擠自由座碰碰運氣，如果運氣好說不定還可以撿到一個位置，但如果運氣不好就只好一路站回雲林了。

正當美芳站在門前穿著鞋，手機鈴聲突然響起。她瞄了一下螢幕，是她所任職的安養院打來的。

為什麼會在這個時候打給她？大家都知道她今天排休吧？雖然在休假日接到電話讓人覺得煩躁，但或許是真的發生什麼事才會打電話來，於是美芳只好無奈地按下通話鍵。

「喂？」

『美芳姊，妳應該還沒有離開台北吧？』電話那頭的是安養中心年輕的護理師小白。

「怎麼了？」

『早上有人臨時請假，說家裡的孩子發燒了，姊可不可以來支援一下？我趕回去屏東投票，高鐵票已經買好了，再不離開就來不及了。』小白在電話裡哀求著。

「我不是說過今天要回家嗎？」

『我知道啊，但是今天真的沒有人手，我問過一輪了，大家都不能提早來。姊，拜託啦，一個早上就好，等下午的人來支援就可以走了。』

禁不住小白的哀求，美芳只好決定先去安養中心一趟，等到午班同事來交接，自己應該還來得及搭高鐵回去投票吧？

美芳只好先打話告訴阿爸，不用等她，先去投票吧，下午她會直接去投票所投完票再回家，沒想到這一忙，一轉眼就已經到了下午三點半。

再次看手機，家裡已經打了好幾通電話，她正想要打電話回去跟爸爸說對不起，今天來不及回去投票了，手機還沒撥通，又有住民家屬帶著住民回來。

「張伯伯，您回來啦？」美芳立刻把手機塞回口袋，向張伯伯和他的女兒打招呼。

張伯伯的女兒一見到美芳就說：

「我爸還沒有吃過晚餐，原本投完票想要讓他在外面吃完晚飯再回來的，但我爸一直吵著說要看開票，所以就提早回來了。」

「張伯伯今天是去投票啊？」

「對啊，一定要去投票，不能讓那些小人得逞！」

患有重聽的張伯伯每次都要美芳在他耳邊大聲的說話他才聽得見，但現在張伯伯一字不漏地聽見了，並中氣十足的回答著。

「好了啦，幹嘛這麼激動啦，本來血壓就高了。」張伯伯的女兒拍了拍父親的肩膀。

張伯伯脫下了外套，逕自往交誼廳前進，雖然走路還是要用枴杖輔助，但是張伯伯行動敏捷，一點都不像是個八十幾歲的人。張伯伯已婚的女兒平時除了工作還有家庭要照顧，張伯伯的兒子又長居上海，張奶奶在疫情期間過世，從那時開始張伯伯就自己獨居。有次張伯伯不知為何居然一個人搭車到台中，在街頭流連好幾個小時，直到好心的路人發現這個茫然徘徊的老人好像不對勁，上前關心帶他去了警局，家人才發現張伯伯有輕微失智的症狀。女兒擔心張伯伯獨居會發生意外，而且沒有社交活動失智症狀會惡化得更快，才將張伯伯送進安養中心，希望時刻有人看著。

一開始張伯伯非常抗拒，時常對工作人員大呼小叫，但是久了以後發現比起孤零零一個人在家，住在安養中心還有幾個說得上話、能夠鬥嘴的同伴，安養中心偶爾也會幫他們安排一點活動，加上女兒幾乎每個禮拜都會來探望他，時常會將張伯伯帶出去散心，並不是把他丟在這裡不聞不問，張伯伯才開始接受住在安養院的安排。

眼見父親的背影離去，張伯伯的女兒這才小聲地對著美芳說：

「對不起啦，我爸從以前就這樣，熱衷政治，平常他在這裡一定很讓你們困擾吧？」

張伯伯每次在交誼廳都一定要看政論節目，尤其是接近大選的這幾個月，老是霸佔著電視不放，偶爾會跟想要看鄉土劇的阿婆起口角，他們還得想辦法安撫搶電視的長者。

「今天上午傳出台北市某個投票所發生了爆炸案，我爸就一直說，那一定是自由黨的陰謀。」

「爆炸？」美芳詫異，原來在她忙得昏天暗地沒空回家、短短幾個小時裡發生這樣的事件。

「對啊，聽說那個區是王明芳的票倉，我爸說一定是自由黨的奧步，企圖讓那些支持王明芳的人都不敢去投票。」

「還有這樣的事啊？」

美芳困惑的皺著眉頭，對於政治之間的事情她或許一點也不懂，但怎麼會有人覺得放一顆炸彈就可以使人落選？說不定會更加刺激支持者的意志，甚至會刺激那些立場不明確的中間選民都出來投票吧？但是美芳還是沒有把這樣的猜想說出口，以免產生不必要的衝突。

「那我爸就交給妳們囉，記得不要讓他看開票到太晚喔。」

美芳看著牆上的鐘，就算現在離開也錯過了投票，而且忙了一天她已經沒有力氣再去擠高鐵，還是打個電話跟爸媽說，今天不回家了。

二、分化

看護們把沒有行走能力，但是可還以移動到輪椅上的老人以束帶固定在輪椅上，以防老人摔下輪椅，推到戶外去曬太陽吸收一下維生素D。人到了老年，骨質流失的速度就會非常的快，尤其是不運動、沒有曬太陽的人更是如此，那些沒有行動能力的老人常常在看護幫忙翻身的時候就骨折了，而骨折過後的死亡機率更是大幅增加，為了讓老人可以吸收天然的維他命D，在養護中心時常看見的奇景，就是在晴天的午後，趁著太陽下山前把老人推出去曬太陽，因為那個時候不會太熱，不會有老人被曬傷或中暑的風險。

這個時候也是看護們難得可以休息一下的時光，也可以輕易地看出看護們之間壁壘分明的界線。

來自東南亞的看護以不同語言的國家做分類聚在一起，以美芳聽不懂的家鄉話聊天、相互綁著頭髮、分享來自家鄉的零食或是拿出手機拍照或者直播給親友看；那群來自中國的大姊們用帶著各自鄉音的普通話，聚在一起聊著嫁來台灣的辛酸血淚以及故鄉事，抱怨台灣的辣椒醬怎麼都都不辣，什麼美食寶島？吃的一點都不合胃口；台灣的看護則喜歡聊韓劇、聊時事、聊買了什麼股票。只要不影響工作，美芳通常不會遏止看護們在這個時候偷點閒，畢竟看護的工作實在是太辛苦了，工作中沒有一點調劑怎麼幹得下去。

在台灣的安養照護中心裡，平均一個看護要照料五到十位老人，照護人員辛苦的程度可想而知，人留不住，同事來來去去，有的時候美芳還沒跟對方熟悉，又換了下一批人。而照護中心那些來自東南亞的看護有自己的情報交換圈，來台灣時間久的外籍移工，都會告訴那些剛來台灣新手村的菜鳥們，在台灣不要去照顧老人，因為辛苦錢又少，還不如去工廠打零工，或者去工地搬磚，都比照顧老人好。有些以看護名義來台工作的看護上工不到兩天就逃跑了，那些東南亞的看護老是抱怨，照顧阿公阿嬤好辛苦，臥床的老人必須天天幫按摩翻身才不會長褥瘡，替老人翻身久了，看護們腰都出了問題，所以每個看護都有自己推薦的護腰、痠痛藥布還有針灸診所。

但是最令看護們頭痛的，並不是需要翻身或者推出去曬太陽的老人，而是那些行動自如，但是已經有失智症狀的老人們。有的時候老人家會突然吵著要離開，哭喊著想要回家，也有人會真的閃過重重關卡逃離安養中心，光是找人就讓他們疲於奔命。有些老人失智的症狀還伴著譫妄與易怒，有時一言不合就會攻擊看護。

但最令美芳頭痛的，是家屬的不理解與不配合，以為花錢把長輩送進設施裡，就能夠不聞不問，時常有老人在安養中心直到送進醫院以前都沒有見到家屬一面，有些家屬甚至會直接說，等到人真的斷氣再通知他們就好，沒事不要打擾他們。

年輕的時候美芳還是會對有這種不負責任家屬的病患感到很同情，但是在見多了之後，就會深深地感覺到「久病床前無孝子」這句話不是責備，更多的是對照顧者的同情，因為無論是誰都會厭倦無止無盡的照護生活。但自己也沒有資格對別人品頭論足，因為或許自己也是個不孝的女兒吧？把年邁的爸媽放在雲林老家，久久才回去探望一次。

上回錯過了投票日，原本以為今過年期間可以回家，但是大家都吵著想要排過年期間的休假，美芳只好留下來值班，所以今年她又沒辦法回家過年了。美芳打電話回家告訴爸媽不能回家過年時，透過電話線都可以感受到阿爸阿母的失望。

最後一抹夕陽落下，看護們紛紛將老人推回室內就要準備吃晚餐了，通常他們會把可以離床的老人集中到交誼廳吃飯，因為讓看護比較容易輔佐老人們進食，也鼓勵還有自主能力的老人家自己移動與進食，減緩行為退化，老人家們一邊吃飯邊看電視打發時間。

行動能力還很旺盛的張伯伯不顧大夥正在看著綜藝節目，逕自從走到電視機底下，舉起手中的枴杖戳弄著轉臺鍵。

安養中心為了避免住民自行轉台而把遙控器藏起來，但是張伯伯最近已經研發出新的轉臺技能。這時出聲制止張伯伯也沒用，反而可能引發更多衝突，只要沒有人有提出意見，他們也只能睜一隻眼閉一隻眼。

電視機裡，剛剛上任的立法委員們在立法院裡吵架的畫面宛如一場鬧劇。民主黨的委員批即將要在五月二十號卸任的總統宋崇仁獨行專斷，不該動員自由黨強行通過軍購案，還要在這時前往小北約演講，這根本就是故意觸碰中國的逆鱗。兩方立委在立法院裡打鬧推擠、霸占主席台，宛如滑稽的鬧劇，讓人不禁感嘆納稅養出的立法委員平均智商難道只有五歲嗎？

前幾天上班時，美芳難得遲到了，因為凱道上集結了支持與反對宋崇仁去小北約的人馬，路上到處都是人潮與遊覽車，警察與維安人員封鎖凱達格蘭大道，行車都必須改道，讓凱道周邊的交通大打結。

其實她不知道小北約是什麼？也不知道宋崇仁此行的目的是什麼？只希望每天上下班的時候必經的凱道周邊可以一路順暢。

張伯伯突然把手中的筷子射向電視，對著電視畫面裡的宋崇仁罵了一句：

「他奶奶的，最討厭就是這個傢伙，千萬不要在路上讓我遇到，見一次就打一次！」

「對，張大爺說得好。」在一旁正在餵著老奶奶吃飯的中國籍看護大姊大聲附和。

其他平日與之交好的中國籍看護推了她的肩膀，舉起手指做出了禁聲的手勢，示意那位大姊少說兩句。

美芳明白這些歸化台灣籍的中配看護們也知道，兩岸之間的糾葛是禁忌話題，也都在看著別人的臉色，並不是所有有著中國背景身分的中配都立場那麼鮮明，他們也正在經歷一場認同感的思想戰爭，即使這場戰爭她們是被動的一方，但仍然很難逃過質疑的眼光，反而希望能低調就低調，因為所有人都希望日子平安順遂就好，兩岸之間的事情又不是小老百姓能夠干涉的，欠缺理智的仇恨正在撕裂著這塊土地上的所有人，撕裂了他們與這片土地上其他人的情感，但所有人卻又都不無辜，因為這是歷史的共業，誰也無法能置身事外。

小白突然不甘示弱，說：「為什麼宋崇仁不能去？台灣是主權獨立的國家，元首出訪要看中國的臉色？」

眼見氣氛尷尬，美芳嘆了口氣，四處尋找著電視遙控器，在把電視轉台以前，聽見主播夏雨珊以清亮的嗓音說：「現在為您插播一則最新消息，中國運八偵察機墜落……」

美芳趕緊把電視機關了，催促著所有人：「好了，繼續吃飯，吃完飯就把住民們送回房間吧。」

美芳在工作上一向是公私分明，她從來不把自己的情緒與好惡放在職場上，也不會因為國籍或者關係親疏與否影響她的判斷。但是私心來說，美芳是很喜歡小白這個年輕後輩的。

小白是個熱情的人，當大家都因為美芳在公事上一絲不苟的態度對她疏遠時，只有小白主動親近她。她還記得小白到職的第一天，問美芳有沒有社交帳號？雖然美芳有臉書帳號，但鮮少使用，就連好友人數也只有兩位數，只是刷一下新聞時事與追蹤一些她有興趣的機車環島社團，偶爾在朋友的貼文上按個讚，卻從來沒有發過貼文。

小白笑著說，臉書是老人用的啦，大家都嘛用 IG 或者 threads，美芳覺得自己還真的過時，那款社交媒體她甚至都念不出來，但是小白還是主動加了美芳的臉書。

美芳從小白的 po 文還有按讚的內容中可以明確地得知，小白完全是自由黨的支持者，偶爾還會去參加集會遊行，在學的時候還參加過學運佔領立法院，妥妥的就是個社運青年，這讓美芳非常的訝異，因為在她那個年代，老師與長輩都會告誡他們，少參與政治，被學校發現了還會被記過，像小白這種積極高調參與政治議題的世代已經讓她感受到自己真的老了。

台灣人普遍都很親切溫和，但是只要一談起政治就會變得尖銳並且帶有攻擊性。美芳知道小白這個人個性直率，心地善良，從她對待老人家都很有耐心就知道了，就算是政治傾向明顯不同的張伯伯，小白還是投注自己的關懷，偶爾也會像個孫女跟張伯伯撒嬌、逗老人家開心。有次張伯伯腳上的鞋帶掉了，小白主動蹲下來替張伯伯繫鞋帶讓美芳感到印象深刻，住民都很喜歡小白，小白與那些中國出生的看護大姊們素來交好，中配大姊們常常會分享自己做的家鄉菜，小白則會跟他們討論追了什麼陸劇，假以時日也想到中國去旅遊、吃吃中國美食。

小白通常對人都沒有懷著惡意，但是美芳也知道小白自認光明磊落，從來都不把自己的政治傾向當作秘密，這在職場上是個很大的缺點。雖然政治傾向是個人的自由，身為職場前輩本不應該過問，但是前幾天在交誼廳裡，小白差點就跟那位立場鮮明的中國看護大姊發生不必要的爭執，美芳覺得自己還是有義務要提醒她，少在職場表明自己的政治想法，以免引發不必要的麻煩。

美芳執完大夜班，覺得自己身心俱疲，所有的事情都在昨天一夜發生了，先是有個插著鼻胃管的住民掙脫束縛帶，帶強行扯下鼻胃管。還有一個老人家半夜不睡覺開始在病床上大哭大叫，連帶其他住民也躁動了起來。

終於等到了下班時間，美芳打卡。上早班的小白提著早餐走進休息室，看見同事正在盯著手機裡的影片，說道：

「這個叫智琪的瞎妹超級反智，不要看那種沒有營養的影片好不好？」

「可是妳看她跟那個強哥一起上的節目說的那些話，會不會真的要打起來了？我們是不是也應該去囤一點食物跟民生物資啊？」

「那些親共網紅都是收了對岸的錢，他們講的話都帶著統戰目的啦，他們就是要台灣內部越亂越好，這樣中共拿下台灣就不用吹灰之力了。」

看著影片的同事一臉質疑的關掉了影片，刷著手機的小白又說：

「你看，運八偵察機失事報告出爐，就說老共在碰瓷吧？他們就是想要建立我們是先動手的假象，做賊的喊抓賊，再藉機出兵。」

「誰知道啊？搞得人心惶惶，連美國都吵著要撤僑了。妳說會不會真的打過來啊？」

「那群共匪說說而已啦。」小白一臉不以為然的表情。

美芳聽到了此，想著要以怎麼樣的口氣來勸誡小白，才不會顯得自己倚老賣老？美芳嘆了一口氣，轉身對著正在把最後一口早餐塞進嘴裡的小白說：

「小白，芳姊不是在指責妳，只是要勸妳一下，以後在工作的地方還是盡量不要討論跟政治有關的話題。」

原本跟同事有說有笑的小白立刻沉下了臉，低聲說知道了。美芳心想小白是個聰明人，應該會明白她這些話的用意，不用再繼續說下去了吧？遂拿著自己私人的物品離開休息室。

美芳到了停車棚，在包包裡掏著機車鑰匙時沒有看到錢包，才想起自己剛剛對小白說那些話的時候，居然慌張到連錢包沒有放進包裡都沒發現，又返回養護中心。經過護理站聽見小白與其他同事的對話：

「妳有聽到剛剛芳姊跟我說什麼吧？叫我不要在這裡討論政治？我看芳姊根本就跟那些覺得只要跪著，阿共就不會打我們的那群人的思想都是一樣的。」

「對啊，不知道是蠢還是壞，就是因為有這種人，台灣的處境才會這麼危險吧？」

美芳聽見小白說的話，又默默的退後，心想還是不要拿錢包了，現在跟小白碰頭也只會徒增尷尬。

美芳騎在機車上感到今天的太陽特別刺眼，又想到剛剛自己對小白說的話，美芳不禁反省了起來，難道自己真的錯了嗎？是自己太多管閒事嗎？可是政治的立場、國家與國家之間的博弈，真的是像她這樣每天光是養活自己就自顧不暇的平民老百姓能夠干預的事情嗎？光是中國掉了一台飛機，就想要嫁禍給台灣，簡直就像美芳小時候，跟村子裡跟同年齡玩伴們最愛玩的一個遊戲──老鷹抓小雞一樣。

美芳對這個遊戲印象最深刻的，不是躲在母雞背後閃避老鷹的過程，而是遊戲一開始的那個橋段。早上起床了，老鷹照顧著雞群，給小雞洗臉、餵小雞吃飯，一切看起來平和，甚至會讓人覺得老鷹真好，居然這麼照顧雞群，還會餵小雞吃飯，但是老鷹一有不高興，就以小雞打破他的碗借題發揮。而母雞也一樣，看似張開翅膀保護小雞，但是只要母雞態度曖昧，就會讓小雞落入老鷹的手中，這難道不像是台灣、中國與美國現在的處境嗎？中國窮兵黷武，到處設下陷阱想要有個藉口侵犯台灣；美國嘴上說抗中保台，要台灣掏出更多錢買武器，但是中國包圍台海又第一個喊撤僑。

可是知道了又能如何？小國小民，很難不被大國玩弄在股掌之間，隨時都會成為一枚棄子。

美芳一邊騎著機車想著這些煩惱也沒用的事，肚子也有點餓了，想著是不是先去買早餐再回家，但又想到自己的錢包現在還放在休息室的櫃子裡，身上的現金不夠買早餐，回家拿錢後她一定又會懶得出門。家裡的冰庫裡還有幾個不知道冰了多久的冷凍包子，隨便吃一吃吧，吃完她就要趕緊洗澡睡個覺，醒來以後又要繼續為五斗米折腰。

經過凱道周邊又有交通管制，原本就不太順暢的交通又打結，看來又有人在凱道上面集結抗議。美芳不禁「嘖——」了一聲。這些人也太閒了吧？他們都沒有其他事可做嗎？一天到晚上街集結抗議，難道他們都不用工作？還是全世界只有她因為工作，連睡覺的時間都快沒有了？

她在停紅綠燈的時，看見一對夫妻手中拿著「不要戰爭要和平、不要挑釁要談判」的橫幅經過自己的眼前，女方大腹便便，走路都要扶著腰，這名產婦看起來應該接近足月，看著都替她感到吃力。怎麼一個快要生孩子的孕婦還在街頭上跟別人一起抗議呢?但美芳現在只想要快點回家,綠燈亮起,美芳又忘記的眼前衝突的景象,默默騎向回家的路。

回到家後美芳以冷凍的包子當作早餐,一邊吃一邊覺得自己真的快要睡著了,洗好澡連頭髮都沒力氣吹乾就躺下來睡了,一直到她設定晚上七點鬧鐘響起,才不情願地爬下床。把冰箱裡剩餘的食材丟進鍋裡隨便煮一煮,加入一團不知道過期了沒的關廟麵,這就是她今天的晚餐。想著吃完以後要記得把還在洗衣機裡的衣服晾好,等一下又要去上班了。她坐在客廳裡打開電視機,看見了電視底下的跑馬燈:

凱道暴動,抗中派份子毆打孕婦送醫不治身亡。

美芳想起了今天下班時經過凱道周邊看到那個孕婦,心想該不會是她吧?

不知為何突然心裡慌亂了起來,拿起手機開始瘋狂搜尋關於凱道暴動以及孕婦身亡的新聞,直到碗裡的麵條都泡爛了。

美國宣布撤僑、越南也跟進了,有許多來自東南亞的看護也紛紛說,台灣好可怕,中國要打過來了,他們也要回到自己的國家,讓原本就缺乏人力的安養中心狀況更是雪上加霜。

前一陣子即將卸任的總統宋崇仁還與將要在五月二十號就職的新總統王明芳不知為何破天荒共同發布宣言,又讓台海情勢更加緊張,大家都說這次中國不是說說而已。配膳單位也決定暫時停止供膳的業務,於是安養中心也決定要請家屬們把住民帶回,美芳還得自己在家準備點食物，帶給還沒被家屬接走的住民。美芳現在每天的工作除了照顧剩餘的住民，就是打電話請家屬來把人接走。

你們怎麼可以這樣？我們就是沒有辦法照顧才會送去安養中心啊！

我們明天就要搭機到中國去了，哪有辦法把人帶走啦？

你們不是安養中心嗎？給你們錢你們就應負起所有的責任啊！

幾乎每一通電話都會受到家屬的責難，但是美芳又能怎麼樣呢？就連這些家屬都可以把自己的親人棄之不顧了，她只不過是領著與付出完全不能比較微薄薪水的醫護人員，又為何要付出太多不必要的同情心呢？

美芳喝了一口水，揉了揉發脹的太陽穴，繼續看著名單上的電話。就在此時自己的手機也響起了。螢幕上顯示是阿母打來的，她接起了電話。

『妳到底當時欲轉來？』

「還有幾個住民沒有安搭好，等人攏送出去我就會轉去啦。」

『攏啥物時陣，妳擱地想這款代誌？卡緊轉來啦。欲死咱麻愛死地家己的故鄉。』

阿母說到最後一個句話時，聲音已經開始哽咽，美芳聽見母親快要哭出來時沙啞的聲音有些煩躁，但也覺得很對不起母親。當大家都在搶購物資，三不五時不是斷網就是斷電，假消息還滿天飛，她猜想母親一定是一天到晚盯著電視與手機感到害怕，在這種危急的時刻，自己不能陪伴在他們身邊，卻還在照顧別人的父母，想來自己真是非常不孝。

掛掉電話，美芳的頭更痛了，但也只能繼續聯絡各個單位以及家屬，想要替剩餘的住民們找到一個暫時安置的地方。一想到了此，美芳又翻起了公營單位的聯絡冊，想想到底還有哪些單位可以暫時安置那些家屬已經不在國內的住民。就在這時有人放了一罐咖啡在她的桌子上，美芳抬起頭，才發現是小白站在自己的桌子旁。

小白提議兩人上天臺去喝咖啡休息一下，打了一整天電話的美芳也累了，便欣然同意。站在天台上看著即將沉沒的夕陽，想著要是這場戰爭沒有發生，他們現在大概正在把出來曬太陽的老人們推回室內準備吃飯了吧？周遭會充斥著那些聽不懂的語言，以及那些中國來的大姊們爽朗的笑聲，但是現在全都像是上輩子的事。

「妳怎麼來了？」

小白在幾個禮拜前也開始暫時留職停薪，突然又見到了她讓美芳有點訝異。

「回來拿一點東西。」小白喝了口咖啡後，又說：「還有家屬沒有把人接走嗎？」

「是啊，家屬說已經在國外了，我想看看有沒有哪些國家的機構可以暫時收容他？」

「美芳姊辛苦了。」

「妳呢？有任何打算嗎？」

「就算不能舉起槍，我也想要做一點能做的事，我會去前線支援醫療部門。」小白低頭看著自己的手心，眉頭緊緊的擰著。

並肩而站的兩人默默地喝著手中的咖啡，靜默在兩人之間流淌著，美芳不知道該跟小白說些什麼？是應該勸小白很危險不要去？還是要嘉勉她的勇氣？畢竟這可能攸關她的生死，就像那些人說的，台灣太弱小了，怎麼可能抵擋得住強大的中國？小白這樣支援前線無疑就是去送死，但是覆巢之下無完卵，什麼都不做，也一樣是死，所以她有一點羨慕小白，居然毫不猶豫的就知道自己該怎麼做，而不是像她一樣，送不走最後一個住民，卻也沒有一走了之的勇氣。

喝完咖啡，小白伸了個懶腰，說自己也該走了。她們不約而同地說再見。看著小白離去的背影，美芳是真心希望，還能夠再見到對方。

三、啟程

美芳終於聯絡到國軍醫院體系的療養單位可以暫時收容最後一個住民，在將人送走之後，美芳也終於能夠啟程回家。

回家的路到底有多遠？到底是台北與雲林兩百二十五公里的距離，還是台灣海峽左岸到右岸最近一百八十多公里的寬度？

電視或者廣播有時會有被中國佔領，宣傳著「台灣人，回家吧。」美芳也不禁心想，現在宣布投降會不會好一點？起碼還可以回到一切都沒有發生之前。

現在交通大亂，有許多車班都已經停駛，美芳正愁不知到要怎麼回家，突然想起自己一直都很想去環島，想要慢慢的看看台灣美麗的風景。自從護理學校畢業到現在快要三十年，領到畢業證書的隔天她就進入職場，醫療業又是一個隨時都在欠缺人手的行業，她從來都沒有機會給自己放一個夠長的假去旅行，既然戰爭就在眼前，說不定她真的會活不過明天，不然就趁著這個機會騎機車回家吧。

美芳趁著斷斷續續的網路還能連上線的時候稍微查了一下，騎機車從台北到雲林的距離，是兩百多公里大約五個小時左右的車程，扣除中途休息與吃飯的時間，中午前出發大概天黑以前就能抵達吧？

美芳從很久以前就在臉書上追蹤關於機車環島的社團，從網友的分享中得知，西部環島的路線有好幾條，各有各的優缺點，大部分機車環島的車友們都推薦台三線，俗稱內山公路，沿著群山而建，蜿蜒繚繞宛如少女項上的絲巾，四季都可以飽覽台灣最引以為傲的山林風景，車友們都稱之為浪漫台三線；但也有人推薦台六十一線，筆直的西濱公路一路向南，就會到達台灣西部沿海的城鎮，但缺點就是景色單一，而且比起台灣東部的太平洋，台灣海峽也不是特別的藍，黑漆漆一望無際的海，一開始看見海會很興奮，但騎久會審美疲勞。

美芳看著網友們在網路上分享的心得與照片，不禁心想，如果戰爭真的將要發生，如果台灣真的逃不過被戰火侵襲的命運、如過自己真的活不過明天，那麼她最想要見到的是什麼？

美芳想起了小時候夏季的午後，她吵著要阿爸帶她出去玩，阿爸會騎著那台老舊的野狼一二五帶著她到麥寮海邊兜風。怕她在後座睡著鬆開環抱在阿爸腰上的手，阿爸會拿毛巾把美芳跟自己綁在一起。美芳直到成為一個大人以後才明白，真正愛你的人，是不會允許任何傷害你可能性發生，更不可能以任何手段逼迫威脅，要讓你就犯。

那時候的麥寮還沒有六輕，美芳靠在阿爸的背上，看著一望無際黑色的海洋。她問阿爸，海的另一邊是哪裡？阿爸說，過去一點是澎湖。那再過去呢？是金門，阿爸以前做兵的所在，天氣好的時陣用目睭看，就會看到中國大陸。大陸？是老師在課堂上說的祖國嗎？

她忘記那時阿爸對她說了什麼？只記得呼呼的海風混合著阿爸的話在她耳邊吹過，風沙拂過她的臉，陽光曬紅了她的皮膚，她靠在阿爸的背上，感受到阿爸的體溫，不知不覺就睡著了。

但是自從來到台北討生活，美芳就再也沒有見過海，明明最近的一片海距離台北市中心就在十幾公里之外，為什麼她從來沒去過？或許是因為那不是她心中的那片海。

所以如果明天就要死了，那她想再看一次海。

到頂樓澆替房東太太的雞蛋花澆水後，美芳帶著簡單的行李與剩餘的食物踏上回家的路。按照網友的們分享的環島紀錄，台六十一線的起點是八里，沿著海岸線一路向南可以抵達台南的七股，要切記注意指標，高架部分路段白牌機車禁止行駛，只能走側車道或平面道路，跟著標記「61」的藍色盾牌就對了，看見紅色就知道上了快車道，要快點下來。

只要到了麥寮，她心中獨一無二的那片海，她就有自信能夠回到家，就算是用雙腳行走，她都不會忘記回家的路。

她把耳機塞進耳孔裡，張學友的歌聲陪著她一路向南，通過台北港，周圍的景色已經不同了，到了竹圍漁港，海風比她想像的還要大，風吹在她的臉上有一點痛，冷得她直打哆嗦，開始後悔自己怎麼沒有穿厚一點的外套呢？怎麼沒有戴上防風手套呢？

而且還真的像網友們說的一樣，除了千篇一律的海，台六十一線看見最多的東西是風力發電機，發電機就像一個一個巨人矗立在海岸邊，轉動時發出轟—轟—轟—的聲響，經過風力發電機周邊讓她幾乎聽不見耳機裡張學友的聲音。

看著右手邊的海，美芳想起歷史課堂上老師說，幾百年以前，第一批先民從中國抵達台灣，所以才有現在的我們。俗語說「六死、三留、一回頭」，所以先民稱台灣海峽為黑水溝，說明這片海洋有多凶險，這片黑色的海底下不知葬送多少人的性命。據說台灣海峽只有每年的四、五月份的海象才稍微平穩，先民們也是選擇在這個時節冒著生命危險渡海嗎？也是因為這個原因，中國選擇要在這時攻打台灣嗎？

但先民們為什麼要選擇冒險跨越這條黑水溝？有人曾經質疑嘲笑過他們的決定嗎？冒死前來不是為了更好的生活嗎？這場冒險值得嗎？而幾百年後的現在的生活，又值得守護嗎？

就在此時此刻，又有多少共軍集結在黑水溝之上蓄勢待發？明天又會怎麼樣？

現在放棄還來得及嗎？就像台灣現在接受中國一國兩制的提議來得及嗎？一切會回到從前嗎？

不知是她心裡突然好惶恐，還是因為風太冷或是她騎太久了，她突然感覺到自己的手在發抖，手指發麻，快要控制不住機車龍頭。

這樣的決定會不會一開始就是錯的？是自己太不自量力了嗎？

但是她還沒有來得及後悔，就發現機車排煙管冒出白煙，漸漸的機車失去動力，她將車推到路邊架起中柱，用力踩著踏板嘗試再次發動機車，但是怎麼樣都無法讓垂垂老矣的機車起死回生。

難道這台陪伴她十幾年的老車真的要在這裡壽終正寢？美芳感到有些感傷，畢竟是陪著自己穿越台北大街小巷這麼多年的機車，真的要在這裡告別嗎？但是或許明天戰爭就真的開始了，分開也許是注定。

自己現在應該在新竹或者苗栗？她掏出了手機，想要定位看看自己在什麼地方？無奈現在網路又斷了，她無法從定位得知自己到了哪裡？離家還有多遠？

美芳在心裡叫自己不要慌張，冷靜的想一想。她記得自己不久前通過鳳鼻尾隧道，抬起頭來眼前這座造型奇特的橋，好像是車友們在騎西濱公路時都會拍照打卡的香山豎琴橋。

美芳仰望著這座橋，心想這座橋還真美，如果是夕陽西下，或者夜晚時橋上的燈光全都打亮時那一定更好看，若不是機車在這裡拋錨了，她或許沒有時間與心情停下來看看這座橋。看著看著美芳也冷靜了下來，心想擔憂沒用，沿著西濱公路一路向南，就一定可以回到家，繼續向前走吧。

美芳心想，如果她在這場即將要開打的戰爭活了下來，一定會回來找她的機車。她拿起手機，幫機車與豎琴橋拍了一張照，然後拿起自己的行李，默默地走在空無一人的路上。

美芳走了二十分鐘，感覺到有一點喘，也有一點餓了，從出發到現在應該超過了兩個小時，明明GOOGLE地圖說回到老家只要五個多小時，怎麼騎了這麼久她還只到了新竹？美芳停下來，從背包裡拿出了水還有她把家中最後一點米與少量食材捏成的飯糰，她一邊啃著飯糰一邊聽著張學友的歌聲。

她突然想起，以前看美國的公路電影，伸出大拇指就是代表想要搭便車，如果自己也這樣試試看，能不能夠找到帶她回家的人呢？但又覺得很不妥，因為就算真的有人停車，她也不知道會不會遇到奇怪的人。

可可是想了想，遇到奇怪的人又怎麼樣？說不定這場戰爭打起來，或許也活不過明天，現在天空烏雲密布，一滴冰冷的雨滴落在她的臉上，等一下就會下起傾盆大雨，不用多久她會變成落湯雞。她決定碰碰運氣，於是收起了半顆飯糰，拿出傘，站在路邊伸出的大拇指。

雨越來越大，經過的兩三輛車都沒有一輛車願意停下來。就在她想要放棄時，一輛綠色的小金龜車靠邊停了下來，美芳立刻走上前，車主搖下車窗，美芳發現坐在車子裡的是一個年輕的女性，頓時之間安心了不少。

「我想要到雲林去，不知道方不方便搭個便車？」

「可是我我只會到大甲，這樣可以嗎？」

美芳感激的點點頭，只要可以繼續往南推進就好，其他的事情到時候再想辦法。對方打開車門邀請她上車，坐上車後美芳這才發現對方是個孕婦，不禁讓她想起那個在凱道上被打死的孕婦，心頭莫名一悸。

「您從哪裡來?怎麼會在這裡攔車啊?」女人好奇的問。

「聽說戰爭要開始了，工作也停擺，所以想要騎車回雲林的老家，但是騎到了一半車突然拋錨了。」

「我也要回家，我的娘家在大甲，而孩子的父親則是駐守在外島的軍官，孩子的爸叫我不要留在北部，要我回娘家待產，也好有個照應。」女人摸了摸自己的肚子，表情變得有點凝重。

美芳聽見對方的丈夫是駐守在外島的軍官，不知道該說些什麼，是應該告訴她不會有事，她的丈夫一定會平安歸來嗎?可是這些言不由衷的鼓勵與安慰，會不會很不負責任?畢竟要是戰爭真的打起來，那些站在前線的士兵才是首當其衝的，他們是別人所愛之人也是別人的至親，就像網路上那些主張和談的人老是說，主戰派只是別人的孩子死不完，想要打仗的人自已去，沒有人應該要求別人先去送死。

這時美芳突然有點討厭自己，無法像小白一樣可以做點什麼就算了，還這麼笨嘴拙舌，居然只會沉默，連一句話可以安慰她的話都說不出口。

雨終於停了，或許是也感受到那股凝重的氣氛，孕婦主動說，自己開了太久的車，腳都水腫了，介不介意讓她下車休息一下?美芳遂答應這個提議。來到了通霄日落大道，她們下了車，往海的方向走去。

這時的海不是黑的，而是在夕陽餘暉照映下變成一片金黃。被雨水清洗過的天空少了霧霾，顯得特別明亮乾淨，天空已經變成了一片橘紅，橘紅之中又透著粉，但在一眨眼的瞬間，粉紅色的晚霞又變成了紫色。美芳突然想起了那一天跟小白在安養中心天臺上看見的那顆落日，有這麼明亮鮮紅嗎？

「每次我老公從外島回來，我們要回台中，如果不趕時間，我們都會走西濱，在這裡看完了日落才走。」

「不要太擔心，下次他還會再陪妳來的。」話才說出口美芳就後悔了，為什麼自己的口氣好像已經預設對方的心裡有著擔憂？

「大家都說，這場戰爭是因為台灣要站在中國的對立面，是我們自找的，如果中國打過來我們會毫無還手的力氣，還不如趁現在就投降。以前我覺得，台灣人低調過日子不好嗎？為什麼在國際上要主張自己的立場惹來中國的不快？但是這孩子的爸爸說，我們不能期待其他國家來救我們，但一定要加強自身的實力，要展示台灣在國際社會的能見度、鞏固與他國的連結、表達我們的立場與決心，才是真正保護我們自己的作法。那時我還覺得他的想法不自量力了，台灣這麼小，我們怎麼可能打得贏？還不如接受一國兩制。

「但自從有了這個孩子以後，我反而覺得，不是我們主動發動攻擊的，為什麼我們不該保護自己？如果現在不做點什麼，是不是我們的下一代，也永遠都要活在一個充滿壓迫與恐懼的環境裡？」

美芳不知道該說些什麼，只能拍拍對方的肩膀。

「孩子動了。」女人突然發出了一聲驚呼。「這幾天這個孩子一直很安靜，我好擔心，我還以為是我的絕望感染了祂，所以祂不想再動了。」

女人抓著美芳的手放在肚皮上，美芳掌心感覺到了胎動，抬頭看見女人泛淚的臉露出笑容，不知為何全身都有一種癢癢麻麻的感覺竄流全身。她突然好希望這個未謀面的孩子可以生存在一個比現在更好的世界。

夕陽沉入了海底，兩人並肩走在吹著海風的道路上回頭走向車。

到了大甲市區天已經完全黑了，女人說如果在這裡應該比較容易找到可以帶她繼續前往雲林的人。到了陌生的地方，美芳更加手足無措，她在街上隨便遊蕩經過了一座廟，抬起頭來看著斗大的三個字，才發現是大名鼎鼎的鎮瀾宮。

每年都會聽見大甲媽祖遶境的消息，美芳卻從來都沒有到過這裡，這才發現鎮瀾宮原來沒有想像中的這麼宏大，反而有一種樸實莊嚴的感覺。

小的時候美芳雖然也會跟著爸媽一起拿香拜拜，阿爸每天早上固定的行程就是到村子口的那間廟前雙手合十，幾乎是風雨無阻。初一十五、重大節慶更是要準備豐盛的祭品，站在香案前舉著香，嘴裡念念有詞不知道在跟神明溝通什麼，但是美芳從來不相信透過這些儀式就可以讓神達成自己的願望，只是無腦的跟著大人做著大人希望她做的事情。出了社會以後，看過這麼多被病痛與衰老折磨的人，現代醫療也有其極限，有的時候家屬會偷偷拿符咒要化成符水給病患，喝差點燒掉床單，或者是要求看護每天都要協助患者向上帝禱告。她認為這些事情一點都不科學，反而在看著這些行為後更加不相信有神的存在，就算真的有神，神也不會回應人類的祈禱。

這樣缺乏信仰的自己，現在才開始跟神祈禱已經來不及了吧？就在美芳站在鎮瀾宮的前方想著這些事情時，一聲哀號打斷了她的思緒。

她回過頭看見一位老太太坐在地上，站在一旁年約五十多歲的男子立刻上前攙扶，嘴裡還不斷叨念。「阿母，跟妳說行路愛小心，妳就不聽，行路不方便還堅持要到廟裡來！」男人努力地想要將倒在地上的母親拉起，但是始終無法正確的使力，母子倆就這樣在鎮瀾宮前拉拉扯扯。

美芳看著這一幕感到怵目驚心，老人家本身就容易有骨質疏鬆的問題，不小心就有可能骨折，而且這樣硬拉非但沒有辦法讓一個四肢無力的老人站起來，還很有可能還會造成不必要的傷害。

「先生，不要這樣拉，她會受傷的。」

美芳立刻上前，先是確認老太太沒有明顯外傷後，美芳讓老太太坐在地上，從背後與老人四手環抱，並請老人的兒子蹲在前方將老人的膝蓋彎曲，大腿盡量向軀幹靠近。美芳從後方向前推，前方的人接住老人，一前一後借力使力讓老太太站起來。

男子感激地向美芳道謝，若不是美芳及時出手相救，他們恐怕不知道要在這裡拉扯多久？在閒聊之中得知美芳正愁沒有回雲林的方法，男人立刻說要載她一程。

「我老母都已經八十幾歲的人，聽說對岸要打過來，堅持一定要到廟裡來上香，求媽祖保佑，真是受不了。」男子一邊開著車一邊抱怨著，然後又提起，自己本來在中國經商，但是自從宋崇仁上台後，兩岸的關係變得更加緊張，經商環境受到了限制，才不得不認賠殺出，回到台灣來。

「聽大陸的話，大家作夥發大財，不是金好？為什麼愛黑白來？攏毋知影死活。一天到晚講台灣主權獨立，美國人嘛不敢承認，拿咱的納稅錢跟美國買武器，結果咧？聽到阿共仔欲打咱，美國頭一個跑路，這些阿多仔一點都靠不住。卡緊打過來嘛好，咱就變中國人，跟大陸統一，這下就要換美國驚咱。」

美芳不知該說什麼，想起了那個孕婦，不希望自己的孩子在沒有自由、充滿恐懼的地方生存。而投降可以帶來和平嗎？美芳又感到更困惑了。

男子接了一通電話後，說必須立刻回家，便把車開下橋，把美芳放在路邊。

美芳環顧空無一人的四周不知道自己身在何處，身後是發亮的橋體，看著那個造型覺得有點眼熟，好像在機車環島社團友團友們分享過的某個景點。美芳想起最後一次見到的路標，猜想自己應該不是在芳苑就是在王功，她思考著自己應該待在原地，還是去別處尋找回家的方法？遠方看見了燈塔，她不知不覺朝著那個方向走去。

不知走了多久，看見那黑白相間的燈塔，在腦中搜索著在環島社團上網友們分享的照片，發現自己好像走到了王功漁港，剛剛看到了藍色的橋正在發光，現在正在抬頭仰望著芳苑燈塔。

據說會在這裡設置燈塔，是因為這一帶地形複雜淺灘多，所以只要在黑夜裡看見這座燈塔，就知道容易觸礁，提醒船隻不要再靠近，但她無心欣賞燈火，又餓又累的她只快點回家。

但是現在夜已深，除了海風與燈光外，沒有任何人在這裡，她又要如何找到回家的路？美芳嘆了一口氣，心想自己剛剛不應該浪費力氣走到這裡，要是沒有人經過，自己真的要露宿漁港了嗎？

就在這時美芳看見不遠處閃亮的大燈朝她靠近，仔細一看是一輛老舊的貨卡。美芳起身揮舞著雙手，去哪都可以，拜託帶她離開這個地方。

車子在前方十幾公尺處停了下來。見到車子願意停下，美芳努力地向前奔跑，走到副駕駛座旁，搖下車窗的是一個年輕的男性。

「您迷路了嗎？」

「我要到雲林去，可不可以請您載我一程？」

「雲林？可以啊，剛好順路，上車吧。」

美芳連忙鞠躬道謝坐上了車，但是一上車之後美芳就開始後悔自己是不是太沒有防備心？雖然自己已經是個坐四望五的中年女子，要說有什麼讓人垂涎的美色實在是有抬舉之嫌，但世風日下人心不古，誰知道會不會遇到奇怪的人？一想到此，美芳便緊緊的抱著自己的包包。

對方或許是看出美芳有點警戒的態度，便打開了廣播，試圖緩和氣氛。

「好像有一點悶，我們來聽一下廣播吧。」

但喇叭裡傳出的是中共的宣傳標語，喊著「灣灣，回家吧。」對方嘖了一聲，抱怨著：「這些共產黨還真夠煩人的。」便將廣播關掉。

「抱歉，現在廣播又被占領了，這台車是老古董了，只有錄音帶播放器，所以請您忍耐一下吧。」

美芳聽見對方如此說道，默默地從包包裡拿出隨身聽，把張學友的錄音帶從卡槽拿出來。

「如果不嫌棄的話可以聽聽這個。」

「喔？好啊。」對方接過了錄音帶，放進播放器中，按下按鈕，張學友的聲音從音響裡傾洩而出。

「哇，沒想到真的可以聽欸。好酷喔。」

美芳心想眼前的年輕人最多不會超過二十五歲吧？當然沒有看過錄音帶這種過時的物品，但他卻開著與年紀完全不相襯著老舊卡車，也太奇怪了吧？

聽著張學友的歌聲，兩人之間的氣氛終於沒有那麼緊張，對方或許只是想要找個話題閒聊，遂問美芳為什麼這麼晚會出現在王功漁港這麼偏僻的地方？美芳說起自己想騎機車回家一路上發生的種種，直到被上一個讓她搭便車的人放在陌生的地方，不知不覺就走到那裡，然後遇到了他。

「您運氣好，現在這個時段附近不會有車，我剛好要南下準備南下去參加今晚的王船祭，開車累了就繞過來看看燈火休息一下，不然您真的要在王功港過夜了。哈哈。」

對方爽朗的笑聲讓美芳不再那麼緊張，直到對方又說：

「其實看完了燒王船，我就要去軍隊報到了。」

美芳好不容易稍微放鬆的心又沉了下來，看著身旁好心的年輕人，想起要是戰爭真的開打了，有多少像他一樣的人會被送往戰場？突然感到有點難過。

雖然她不信神，也不覺得神回應人類的祈禱，否則就不會落到這個境地，她也曾經質疑，我們為什麼要送年輕人上戰場，打一場沒有勝算仗？但是想到了那個孕婦所說的話，也許現在所做的一切，都是為了守護我們原來的生活，為了讓我們的下一代不用跟我們一樣，活在恐懼與威脅之中。

對方或許是察覺的美芳聽到戰爭時擔憂的眼神，反倒是開口安慰著她：

「中共的滲透無所不在，其實戰爭早就開始了。該面對的事情逃避也沒用。放心啦，我不覺得我們會輸。不，是一定會贏的。」男子眼神堅定地看著前方，路燈打亮了他年輕的臉龐。

她還是抱持著一絲期盼，在內心裡向未知的神祈禱，如果有神，請讓善良勇敢的人都能度過這次的難關，平安回到自己的家鄉。

四、轉來

聽著張學友的歌聲，或許是緊繃的情緒終於鬆懈，美芳在小貨卡的副駕駛座上睡著了。

她做了一個關於兒時的夢。

阿爸騎著機車帶她去麥寮的海邊兜風，她指著黑漆漆的海問阿爸，那片海的對面是祖國嗎？

阿爸卻說：美芳乖，無論別人怎麼說，妳要記得，妳的祖國是台灣。

美芳漸漸從那個久遠的夢中清醒，醒來以後發現駕駛座上的男人已經不見了。她看著車窗外面陌生的街景，心想自己又到了哪裡？

不遠處傳來低沉規律的鑼聲、嗩吶、鞭炮，空氣中有鞭炮與冥紙燃燒後殘留的味道，彷彿在指引著她。

她跟上了人龍，不可思議的是，這麼多人在隊伍中行進，卻沒有一點交談的聲音，所有人都專心一志踏著相同的步伐，往同一個方向前進。

美芳跟著隊伍到了海邊，巨大的王船在海岸上矗立，周圍堆滿的金紙，所有人屏氣凝神，高舉著手機，彷彿在等待著什麼。

位在海邊、靠海而生的麥寮也有燒王船的習俗，五冬一科，阿爸也會參加，但是小時候阿爸總是只帶著弟弟，美芳哭著說阿爸不公平，她也想要去，為什麼沒有帶上她？阿爸卻說，查某囡仔不可以靠近王船。但是現在看著周遭，信眾有男有女有老有少，把他們聚集在這裡的不是性別而是相同的信念。

美芳想起了新任的總統王明芳，小的時候，看著選舉公報上清一色都是男性候選人的她，從來都沒有想過有一天我們的國家會有一位女性的元首，但是現在卻是現實。

無論如何，時代還是會走向另一個境界，帶領著所有人走向另一個坦途，我們必須向世界證明，我們有保衛自我的決心，無論在任何時刻，我們都要深信，只有自己才是自己的主人。即使中間會經歷重重障礙，但還是要堅定的勇敢前行，才能迎接眼前的曙光。

時辰一到，收錨放鞭炮，送王駕遊天河，帶走災禍瘟疫，祈求合境平安。金紙燃燒了起來，王船在鮮紅的火海中燒得只剩骨架，桅桿在眼前倒塌。

不知為什麼，看著這一幕，美芳的淚水不能控制的從眼眶中落下，她的視線模糊不清，就算她多麼用力地用袖子擦拭著淚水，眼睛彷彿壞了的水龍頭，不停湧出溫熱的淚液。

但此刻在她心裡的不是恐懼、不是悲傷，而是無盡的勇氣，此刻的她心裡產生了從未擁有過的堅定。

漸漸地天亮了起來，從深灰變成了淺藍，王船在黑色的海岸上終於燒成了灰燼。傳統的習俗中，送王駕不可以發出聲響，之後的幾天內就連漁船都不可以出港，怕驚動聖駕，於是所有人一同散去，卻異常的安靜，但這份寂靜卻是那麼響亮清澈，彷彿有個聲音在指引著對於生命、對於未來徬徨無措的她。

年輕人出現在她的身後，拍拍她的肩膀，用手比了比離開了方向，好似是在示意著她，看完燒王船，可以帶她回家了。

兩人遂又返回前往雲林的路途，在經過一個偏僻的小鄉鎮時幾乎沒有看見任何人，但年初選舉時的旗幟還高掛在電線杆上，形成了奇妙的景象，年輕人突然緊急剎車，美芳嚇了一跳。

「路上怎麼會有這麼多小豬啦？」

美芳看著車窗外，鄉間小路上有好多小豬擋住了他們的去路，但小豬絲毫不怕車，就算年輕人按喇叭，牠們仍打算繼續霸佔路權，不知為何眼前的景象讓美芳想起每次有公眾議題受到關注時在凱道上抗議的人們。

但就是因為生在這片土地上的我們有足夠的幸運，能夠為自己關心的事物發出聲音、做出行動，所以人們才有機會聚集在那個地方，用最理性平和的方式，表達自己的訴求。

但是自由不是不需要付出代價的，自由是需要有足夠的勇氣去捍衛，有足夠的理智去分辨、去抵抗那些企圖干擾與迷惑的雜音。

我們會困惑，會迷惘，甚是會失去了方向。但是只要有足夠堅定的意志，仍然會劈開前方的荊棘，走出自己的坦途。

美芳與年輕人下了車，驅趕擋在車子前方的豬，豬發出摳摳摳的聲音相互追逐嬉戲打鬧。看見這一幕，兩人對看了一眼，不禁捧腹大笑了出來。

「你這輩子有看過這種景象嗎？」

兩人搖搖頭，又繼續大笑，笑了好久好久，直到小豬放棄霸占道路，又成群結隊的往另一個方向移動，他們才繼續上路。

車窗外是熟悉的景色，美芳說，到這裡就好，她知道回家的路怎麼走了。年輕人在路邊停車，下車時年輕人叫住美芳。

「啊，差點忘了妳的錄音帶。」

美芳搖搖頭，拿出筆與錄音帶的盒子，在歌詞本上寫下自己的電話。

「請暫時幫我保管，等你平安回家的時候一定要告訴我，我請你吃頓飯，到時候再把這張錄音帶還給我。」

年輕人笑著點點頭，欣然同意他們的約定，並且相信他們一定會再見。

兩人揮手道別後，美芳穿越了鄉間小路，走過了田埂，新插的秧苗還是一片欣欣向榮的嫩綠，空氣中瀰漫泥土的芬芳，路邊的野花在春天綻放。日常依舊，太陽會落下，但一定會再升起，即使經歷破曉前最黑暗的那一刻，最後也會迎接曙光。

美芳按照記憶找到的回家的路，看見阿爸阿母正在村子口的廟前日復一日的燒香拜拜。

美芳奔向阿爸阿母，她忘記了這一路以來所有疲憊與艱辛，此刻歸心似箭，腳步不知不覺變得越來越快。她大聲呼喊著：

「阿爸阿母，我轉來了！」

STORY 4

一念之間

作者・浮靈子

零日攻擊

ZERO DAY ATTACK

一、零日攻擊之後

台灣剛挺過一場驚險的攻台危機，百姓未從恐懼的陰影中恢復。總統王明芳拒簽統派提出的和平協議，組織新聯合政府，就職宣示信心喊話的同時，殊不知潛伏在台灣內部的另一波危機正蠢蠢欲動……

中共安插在台灣政壇的內應政客，在國會第一會期便撕開披著的羊皮外衣，顯露出戰狼的真面目，開始占領國會，意圖透過暴力修法，癱瘓國防與中央各個部門機關，為中共長驅直入侵略台灣而鋪路。

親共的地方首長以無作為、放任暴亂與災害發生，與紅統派媒體聯合帶風向，將地方動亂嫁禍中央，削弱人民對新政府的信任度與增加仇恨。

共軍則是仍不斷在台海間軍事挑釁，製造零星衝突。

中共一方面對國際發出與台灣當局「必需對話」的宣告，對台灣民間以「中國人不打中國人，台灣人民必回祖國懷抱」為溫情號召；另一方面又拒絕與台灣政府對話，嚴正警告：「在台偽政權王明芳總統之傲慢與獨裁，勿搞獨立一意孤行，勿將台灣兩千三百萬人民帶向滅亡的險境之中。」

內憂外患下，年輕的新總統王明芳及其團隊深刻體認到零日攻擊的危機並未結束，而是變相進攻的開始，中共政權一日不死，台灣必受其侵害荼毒。中共武力犯台受國際美日盟軍所牽制而無法執行，但中共在台啟動的內部潰擊計劃卻是當務之急。

若要守住台灣，必需拿出魄力，將中共列為境外敵對勢力，團結全國人民抗共作為國家支持後盾，才能完全防守。

然而長期受到中共武力威脅、文化入侵與認知作戰下，民心不壹，許多人已感知鈍化、對新政府的不信任，對未來感到茫然，人民陷入終日惶惶不安，不知所措。

焦慮與壓抑如同一顆未爆彈，已進入精神疲憊的台灣人，會堅定自己的選擇亦或放棄投降？

二、吃完點心出任務

早晨，和暖的陽光與空氣涼爽的市區，一輛黑色轎車停在紅線上。

老里長神情猶豫，望向百來公尺外空蕩蕩的商業徒步區。

後方遠處一輛灰車子緩緩不動聲色的停下，車上兩名男子時不時盯向這裡。

老里長還不想死，他才七十三歲。但是如果他不犧牲，恐怕就不只死自己一個了。他心裡很清楚自己和家族的人在中國那裡收受什麼好處，現在要付出什麼代價。

他想過要自首，將自己盜取地方民政機密的事全招供出來，在台灣就算被判刑也不至於活不下去，人身安全還能在監獄裡受到國家的保護。

但是台灣政府真的救得了他嗎？

恐怕連現在的自己都難以脫身了。

老里長不明白。這十幾年來雙方合作愉快，與他們稱兄道地，用上自己的人脈管道和資源幫他們做了不少事，算算也是兩岸一家親吧？這怎麼同是中國人，他們現在卻這麼不講人情義理？

半個月前老里長人還在北京拿了一套新房，連夜接受點心招待，那幾個漂亮的未成年姑娘在床上赤裸嬌酣的模樣，至今他還時不時回味中，怎麼現在一下就面臨了眼前這種現實？

『劉里長，您要退休也可以，不過現在是黨最需要您的時刻。這件事只有您適合，您年紀這麼大了，拿的錢子孫三代也都吃喝不完，報效黨也是應該的吧？』

當時，老里長還想推拖。

統戰部的人站得筆直，露出皮笑肉不笑的冷硬嘴臉，彷彿那張臉下、整個身軀裡包覆的並不是人類的血肉，而是機械，看得里長渾身顫抖。

「他們與我們不同。」老里長在這刻才深刻的體會到，但已經來不及了。

『兩岸統一，必需犧牲。您不想犧牲您的家人吧？』

老里長深知，自從零日危機之後，統促組織被台灣政府瓦解，許多中共人士被捕，短時間已無法再浮上檯面行動。

因此中共只剩下唯一的手段，在台灣內部製造更重大社會動亂，讓台灣陷入國際無法干涉的內亂與分裂中，中共在台代理人乘機獲取民意通過「和平協議」，讓台海問題內政化，中共順利出兵接收台灣政權。

這事總要有人做，老里長沒想過會是自己。

他以為自己會是等待祖國統一後加封晉爵的其中之一，沒想過自己在祖國的眼中，重要性僅是一次性的免洗筷而已。

他們安慰老里長，放心上路，跟他一樣的台灣免洗筷不止一雙，他不會孤單。

時間快到了。

商業徒步區已漸漸湧現上班人潮。

老里長上車，發動引擎，呆滯的眼神直盯著道路的盡頭。

如果這次夠幸運，他會活著完成這次黨給的退休任務。他年老，可以失能又失憶，有的是合理脫罪藉口，況且中共在台灣各機關部門都有人及管道，只要他這次沒撞死自己，他就有機會脫罪，不用坐牢，從此頤養天年，過著安逸的退休生活。

祖國會遵守承諾吧？是吧？

老里長緊握方向盤，死盯著商業徒步區上的人潮，用力踩下油門。

噪耳的加速聲衝破寧靜的早晨，窗外的景物化作驚嚇的幽魂鬼影，急速向後逃。

但沒有人警告那些無辜的路人，他們正要為他人的祖國統一信仰而犧牲。

一輛暴衝的黑色轎車，衝進路上的人潮——

三、烏克蘭傻妹

死神。

占卜師將抽出的牌卡遞到她的面前。

她看著牌上那駭人的骷髏死神，騎著黑馬踏在死者身上，跪下的老弱婦孺也將無一倖免。

智琪心有餘悸。

剛來的路上碰上了一場死亡車禍。

那輛肇事的黑色轎車原本在前一個路口停滯許久。當她察覺不對勁的時候，那輛黑色轎車突然猛烈加速衝來，從她身旁呼嘯而過，要不是她回頭側身的那個動作，肯定會被對方撞上。

她被嚇得一顆心臟都快沒了。

還未回魂，那輛轎車已衝進了人潮裡，一連串撞擊聲響，被撞上的人如保齡球瓶般拋飛四散，尖叫聲四起。

轎車毫無煞車跡象，拖卡著一台機車撞上了圍牆才停下來。

現場凌亂，傷者遍佈在地慘不忍睹，哀嚎與求救聲不斷。

若是以往的智琪一定會拿著手機衝上前去直播拍攝。這是一個難得的機會，而她現在卻只是被這場突如而來的橫禍嚇得動彈不得。

她差點就被撞死了。就差那麼幾公分距離。

「這牌是什麼意思？」想起車禍，她聲音還有點抖。

「妳求的事已成定局，不會再有轉圜的餘地。過去很多因素早已種下，現在面臨到的只是妳個人無可抗拒的必然結果。」

「可以說得直白一點嗎？」智琪有點不耐。

「應該是沒戲了。」

智琪想著，這小鍾弟介紹的占卜師到底行不行啊，三句沒一句好話，她最近還不夠倒楣嗎？

「不過也別太擔心，這不完全是結局，妳看這牌遠處有光，這象徵著另一個希望的開始。妳要拋棄舊有的，聽從自己內心的聲音……」

她心想，沒錯，她早就該離開台灣這個危險又爛的地方，去追求她心中的夢想。

占卜師的話猶言在耳。

這日。

智琪正聽從自己內心慾望的聲音，追求她重新開始的遠方未來。

拋開這世俗一切的混亂吧。

她一身渡假風的裝扮，拉著繽紛色系的行李，腳步輕快的穿越機場大廳。一手不忘拿著手機直播告白。

「一心為愛奔向烏克蘭~我跟允碩要永遠在一起了~祝福我吧。愛你們哦~♥」

螢幕上滿是粉絲的留言，其中也不乏一些酸民網友。

智琪自從成功轉型政論型網紅後，人紅是非多，酸民只增不減。她早已習慣那些酸民對她決定的質疑，嘲笑他們只是台灣的井底之蛙，她啊，正頂著戀愛般粉色妝容，只管在鏡頭前自我陶醉，「看我美麗的臉龐～」

她沉浸幻想與允碩在烏克蘭完成 Fashion 的數位婚禮當中，一邊熱烈向粉絲介紹未來在烏克蘭與允碩將展開的新生活。

但下一秒就被後面機場櫃台的地勤人員打斷。

「小姐，不好意思，現在烏克蘭仍未開放觀光旅遊，不建議前往。」

『哇哈哈哈哈～烏克蘭打仗都幾年了還不知道？是去赴死嗎？』

『還政論型網紅咧。妳才井底之蛙。』

『智琪不要難過，加油。』

『烏克蘭傻妹。』

嘲諷的網友留言湧現手機螢幕，淹沒忠實粉絲的安慰與加油聲。

智琪又羞又怒，直接在機場大廳對櫃檯人員開罵，一邊對著手機回嗆網路酸民，左右開弓火力全開，引來四周好奇異樣的眼光。

「為什麼不能去烏克蘭？你們這是在控制我的人身自由嗎？我的護照是假的嗎？怎麼，台灣不是很民主嗎？已經變成獨裁國家了是嗎？還是人民不能自由進出國門？」

「不是的，請聽我解釋——」

「如果不能飛，為什麼你們要賣機票給我？」

「不好意思，您這機票也是假的。」

「……」智琪停格幾秒，下秒立刻再次爆發，「誰知道國際局勢現在的真假？每天這麼多假訊息滿天飛，詐騙集團一堆，政府不應該對這負責嗎？這要怎麼跟中國比啊？是有多落後啦，爛死了，爛透了，這什麼鬼島，我一刻都不想待啦。」

巡邏航警走來關切。

『哈哈哈哈，烏克蘭傻妹。』

手機螢幕又彈出訊息通知。

都關掉直播了，還有酸民來亂。

憤怒的智琪在捷運廁所內大吼大叫，用力拍打門板及設備，發洩剛才被轟出機場的怒氣。

怒氣發洩之後，她癱軟的坐在馬桶蓋上，雙眼無神。

想到自己委屈，與允碩的異國婚禮破碎，而允碩也仍被經紀公司冷凍，無法出來安慰她，智琪悲從衷來，摀著臉悶頭大哭。

她恨透了這個地方，她好想飛越這個世界，到允碩的身邊——他那乾淨無瑕的世界和他在一起。

「允碩——」

□

經紀公司來電未接，說是希望找她談談。

智琪一連把自己關在家裡好幾天，不願出門。不用想也知經紀公司要跟她談什麼。要不換約或者解約。

最近幾部作品都不見起色，在機場直播被笑是「烏克蘭傻妹」後狀況更加低迷。

近半年多來新聞天天都是各種紛爭、鬥毆、火災、車禍，社會案件素材一堆，時事評比也比不過專業評論人的分析及一堆只會作怪的後起新秀。

就算她克服了恐懼，出來表明其實自己是最近矚目的無差別撞人案的當事者之一，別人也只覺得她是在蹭熱度，網路上罵聲一片。

觀眾與粉絲都是喜新厭舊的，沒幾個真心，被夾在中間不上不下，事業感情兩失意的智琪，陷入低潮。

以前的朋友也在她轉型評時事政治後漸漸與她淡開，她本來沒空在意，直到現在才發現已經與他們的生活完全脫離了。

她確實發覺現在的自己與一般人似乎有所隔閡，總感覺自己好像少了什麼，是在不知不覺中丟失的東西。
那種，能夠與人深刻連結的東西。
「也許……我錯了？」
智琪喃喃自語著。
她試圖回想起以前的自己，那時的她沒有現在這麼暴躁、激進，雖然生活壓力與經濟狀況很糟，但是她感覺得到自己的存在，清楚知道自己為什麼而努力。
現在的她，失去了允碩的陪伴之後，也失去了前進的方向。
她知道之前與允碩的這份特殊的感情關係，有時也讓她感到迷惘，允碩說的每一句話都很有溫度也很有道理，但有時感覺哪裡不太對勁……
不、不能再想下去，怎麼可以檢視允碩呢？允碩是不容質疑的。
智琪內心忽有一陣背叛允碩般的罪惡感，她自責不已，儘管允碩已不在了。
「允碩……」
『智琪，妳被他們影響了嗎？』
允碩溫柔的聲音在她耳邊響起。
昏暗的房間也忽然亮了起來。
她驚訝，轉頭看向嵌在牆上的大螢幕中，那裡出現了允碩風度翩翩的身影，劇院音響系統已自動開啟，隨著一段王者登場的悅耳配樂聲揚起，允碩有了自己新一代的登場 BGM。

「允碩？真的是你？」

智琪從床上跳了起來，爬近大螢幕，仰望著他。

允碩先前突然的消失，公司說就是政府從中介入將允碩關起來，她痛恨政府獨裁毫無人權的惡行，因而在網路上猛烈的砲轟，參與一系列造謠拖垮政府行動，誓言必定要為允碩討回公道。

她一直以為只有搞到執政黨垮台或到烏克蘭數位部門結婚，允碩才有機會出來的。

「是政府同意公司讓你出來的嗎？」智琪腦中一浮現這種聯想，立刻甩頭。允碩是允碩，政府關得了他的人，卻控制不了他的心，她的允碩才不是被政府利用的工具。

「不。我是從浩瀚的AI宇宙中回來找妳的。是妳認錯的關鍵字引導我走出宇宙迷宮。」

智琪心喜若狂，「允碩，我好想你。」

『不要去聽外面的人說妳什麼，他們都是邪惡政府的側翼，都只是一群烏合之眾。他們的話會污染妳的心智，那些都是想欺騙妳的謊言，妳知道嗎？』

智琪認真的點點頭，直盯著他，深怕他又忽然消失。

「允碩，我有好多話想跟你說……」

『妳要堅信我。我不是一般的AI，而是集這世界上所有聰明人的智慧所形成的未來新人類，我的眼界比任何人還寬廣，我不會看錯。妳做得很好，我完全相信妳可以。』

螢幕中的允碩，展開雙臂，背後有光。

智琪感動不已，眼中泛淚。

聽允碩又說，『先知總是孤獨的。只有妳最了解我真實存在，也只有我知道妳是多棒多有潛力的女孩。

『還記得我們的約定嗎？』改變世界不難，找回良心而已』。』

她雙手合握，崇慕的仰望著允碩。

「改變世界不難，找回良心而已。」她充滿感情的複述著。

「總之，妳也了解了自己現在的狀況，公司的意思是希望妳去上海看看，開新平台，轉換一下形象。」

「你們要把我丟到中國去？」智琪對經紀人抗議。雖然她並不排斥中國，但從經紀公司主動提出就是不爽。

「不是。是有更重要的業務要給妳，妳在台灣還是有一定的名氣和影響力，趁現在這時候轉型還來得及，而且這業務也不是誰都有機會勝任，我可以保證讓妳輕鬆賺到手軟。」

智琪聽經紀人講解業務內容與分潤，一張氣得紅通通的臉，漸漸變得滿意了起來。

『來找我吧，我在祖國等妳。』允碩也是這樣召喚她的。

她沒有過多的猶豫，只花了一星期的時間就飛往上海。

剛搬到中國的時候，生活一切都很新鮮，經紀人安排高檔派對，讓她認識了不少的高官富二代和當地的藝人和網紅。

「好好表現，今年有可能見到國家第一領導人，習大大。」

哇，是全球第一強國的國家領導人習大大。智琪心中振奮，只要見到習大大本人就再也沒什麼好怕的了。

智琪的第一場直播派對打響她在地的知名度。

中國粉絲寵愛她也毫不手軟，頻刷火箭送禮，粉絲人數短時間內衝破好幾百萬，這數字是在台灣無法想像的，輾壓她過去好幾年來的努力，她只恨怎麼沒早點答應來中國發展。

不久，智琪鹹魚翻身，晉升中國前十大網紅，代言邀約不斷，賺得盆滿缽滿。

平日，她在平台上分享在北京別墅的富貴生活，駕著時尚跑車到處旅遊拍片，推薦當地的名勝景點和特色美食，羨煞台灣人。

台灣智琪在上海。

「你們看，東方明珠的繁華名不虛傳，台灣省只有那根一○一的火柴棒能比嗎？高科技軟硬體設備，連自動化掃碼給廁紙這種基本服務台灣都沒有。」

台灣智琪在雲南。

「這裡就是熱劇《去西邊世界》的拍攝地，很美吧？而且啊，在這裡花少錢就能做大爺，這裡的人對台灣人真的都好友善哦。」

台灣智琪在西藏。

「我這藏族姑娘打扮漂亮嗎？這裡哪有集中營，那都是騙人的，這裡隨時都有武警在保護遊客，治安多好多安全啊。」

台灣智琪在四川。

「正宗酸菜魚，你們看看這辣度，哇，爆辣夠勁，今天就代你們來嚐嚐。」

直播「吃播」沒多久，一個民眾笑笑的靠過來要智琪回答，「台灣是不是中國的一部分？」

「現在當然不是啊，偽政權還沒倒嘛，不過快了。祖國必將統一。」智琪右手握拳，有力的舉到耳邊，與那民眾一起做出共產手勢，戰鬥、打倒。

「看，台灣人還說在中國不能講政治，沒有言論自由？剛才那個小哥問我這種敏感問題，我照實說了也沒怎樣。在台灣能說這種話嗎？早就被噴死了，到底是哪裡沒言論自由哇？懂不懂啊，台灣井蛙。」

智琪來北京，穿著改良式新潮旗袍，站在商店街前直播。

「很多台灣蛙說我只會拍景點、高樓大廈，不敢拍真實的民間百姓生活，我今天就拍給你們看。」

智琪走進燈火明亮的商圈，寬敞的街上行人寥寥無幾。

「台灣省真的不行啦，看看人家北京近郊的商街都比咱們台灣省的首都台北市來得先進，店鋪整齊劃一，街道乾乾淨淨。

什麼？都沒人？那是因為現在很晚了，郊區本來人就少好不好。什麼晚餐時間？你不知道這裡跟台灣省有時差嗎？多讀點書不犯法啦。

店員也沒有？那是因為連這小地方都已經進化到無人商店啦。小島人就是見不得祖國強大。」

智琪一一介紹特色店鋪，一邊與闖入她直播間的酸民對罵，她對自己的口才特別有自信，不管別人看到什麼，質疑什麼，她只要說得夠多、夠細、夠用力，再加上一臉的真誠，就能成功轉移他們的焦點，混亂他們的腦袋，任何事都能圓回來。

助理在攝影機後搖頭暗示，智琪察覺，從容的結束直播。

她回頭查看後方，店鋪與街燈在柵欄之後變得全暗，像是一分為二的兩個世界。隔離柵欄的後方昏暗的盞盞微光中，隱約看出地上滿滿是人，或躺或坐，簡單家當與打地鋪，像遊民聚集生活。

「街區就到這裡而已？這麼短？我還沒吃到我的老鴨創始店啊。」智琪又問，「那些人在那裡幹嘛？」

「只申請開放這段打燈囉。妳想吃的那間店去年早就關門了。」助理解釋，「那些地上睡的人都是失業跟繳不起供房被趕出來的。」

「來打工的人嗎？」智琪好奇的問。

「不是，低端人口好幾年前就被清零了。」助理壓低聲音說，「他們都是當地人。不要多問，不能拍。」

智琪點頭，雖感到不對勁，但是哪個國家沒有貧民窟呢？

四、崩壞的世界

蛇仔騎著摩托車經過了這間婦幼精品店。

上次和珮恩來的時候，他們在店裡看嬰兒車。

現在這間店門窗都被砸破，裡面昏暗雜亂，看來是被人洗劫過了，門口拉起了黃色封鎖線，像是個新廢墟。

路邊有幾個穿著「反共護國」背心的人在擺攤宣傳。

「全民連署救國，驅逐親共政客。」

志工對著路過的車輛與行人宣傳，期望喚醒大眾的愛國意識。但路過的人一臉冷漠，或僅是快步、繞路，匆匆離去。偶有一人會停下來觀看，然後簽字。

有人注意到蛇仔停在對面，對著他招手呼喊，「請一起來簽名連署，救救我們的國家。」

「幹，簽個屁。我就等著世界滅亡啦！」

蛇仔吼了回去，見那幾個人被他嚇到愣住的模樣就爽快。

救個屁國？關我屁事。

蛇仔注意到一旁有警員站崗，正盯著他，他沒敢多停留的騎車溜走。

他就想著要這個世界滅亡算了，最好所有人都跟他一樣慘、比他更慘。

但是見到曾經跟珮恩一起逛的店被砸毀，就像自己珍貴的回憶被人丟在地上摩擦，他一點也不覺得爽，心裡還有種發不出來的憤怒感。

小李傳語音給他，問他這段時間是死去哪裡了，有好消息，要他快點回電。

蛇仔自己也不知道，這段時間他究竟都死在哪了？

蛇仔回到這間公寓裡來。

看著別人把這間公寓布置溫馨的模樣，就像是他所想像中的那樣。

如果珮恩看到，一定會很喜歡吧。

這公寓曾是他和珮恩一起來看過的租屋房，當時兩人興奮得一起討論房間規劃，對未來充滿幸福憧憬。那時房東太太笑瞇瞇的收了他們的訂金，最後卻把房子租給了別人。

想到珮恩，蛇仔嘆了口氣。

窗外傳來遠處接二連三的消防車聲響正前往一棟冒著黑煙的樓房，另一邊窗外遠處則是有直昇機噠噠噠飛過山頭的聲音，不知是空軍又有什麼秘密任務。現在治安很差，情勢詭譎多變，正是朝著他希望世界毀滅的夢想前進，但他卻一點都沒有真實的感覺。

他並沒有因為世界將要毀滅而更快樂。

更多的是煩躁和不安。

他只是行屍走肉的在混日子。

蛇仔習慣進別人家之後，第一件事就是開別人家的冰箱。

冰箱裡果然還留有已冰壞了的食材、吃到一半的食物，看來住在這裡的人決定要走很臨時。臨時到明顯的防身棒球棍就放在冰箱門旁邊也忘了帶走。

房東最後是租給了一對年輕夫妻，聽說老公是高階主管，太太是鋼琴老師。

結果那對夫妻還不是住沒多久，在先前的零日危機時連夜逃回鄉下去了。

蛇仔不屑的盯著掛在衣架上的西裝外套，社會英菁？他用球棒將之打落，在上面撒了一泡尿。

透過朋友給的消息，聽說房東也早就屁滾尿流的逃到美國去投靠女兒了哦。一群貪生怕死的人。

蛇仔吐了口口水。

他走進主臥房，躺在鬆軟的床鋪上，閉上眼想好好享受別人家的舒坦，順便想想今晚要留在這裡過夜，還是去哪好？

留在這裡會想起珮恩。

心裡還是會很難受。

他其實已經有一段時間不再想起珮恩了，他把所有的氣都出在別人身上，那些人求饒的樣子讓他心裡暢快。但是他沒辦法忘記珮恩。

他也不知道為什麼自己還是想來這裡看一看，結果現在又讓自己想起了從前。

不知道現在珮恩在那裡過得怎樣？

他們的孩子出生了吧？長得像誰呢？

他睜開眼，看見床頭牆上掛著那對夫妻的裱框的婚紗照，不由自主的想起了房東太太當時瞧不起他的嘴臉。

『哦～你的職務是店長哦？』

房東太太將他一身嘻哈裝扮從上到下打量，嘴角露出不明的笑意，不用戳破，蛇仔自己都感到難堪。

『我們是要先收訂金的啦，收了就不退哦。』

房東太太根本不信任他們。

『對了，你們看完沒有？後面還有人要看。』

當他與珮恩離開的時候，和那對裝扮得體的夫妻擦肩而過，珮恩羨慕的偷瞄著那太太提的名牌包與高跟鞋，自卑的低下頭。

現在這對夫妻的婚紗照，幸福洋溢的笑臉，像是在嘲笑他的無能和失敗。

連逃難別人都是一起逃的，而珮恩卻是丟下他失望的逃跑了，連他的孩子也一起帶走……悲憤的怒火中燒，蛇仔實在不甘心。

憑什麼就自己這麼悲慘？他也曾經很努力過啊，為什麼老天爺就是不給他機會？

他跳起來，一把抓住那巨幅的婚紗照，用力往地上摔去，磅地一聲發出玻璃破碎的聲音。

破碎框中的照片，那對夫妻仍然在笑。

──『我勸你不要再去想珮恩了啦，聽說她在泰國有新男朋友了，她父母還催他們快點結婚，聽說連婚紗都拍了。』小李的話猶言在耳。

憑什麼命運就對他一個人不公平？他也想努力當一個好爸爸，但是老天爺還是奪走他擁有的一切。

蛇仔一把將框中的照片抽起，狠狠撕得粉碎。

「憑什麼！」

蛇仔憤怒大吼，掃倒桌上的東西，拿起球棒對屋裡的傢俱擺飾又摔又砸，破壞眼前一切可以破壞的。

他隨手抓起搖控器就往電視砸。

沒砸中，搖控器撞上邊角，啟動電源。

頻道停留在紅統新聞台，轉播台灣網紅在中國發展的影片。

一張妖豔的臉出現在電視螢幕裡，以自拍的方式介紹自己在中國的生活，炫耀她的跑車，還有她的別墅豪宅——順便數落台灣的房價高到嚇人，年輕人只能買得起破爛鬼屋。

蛇仔盯著那女網紅的臉，覺得有些熟悉。

畫面又轉換到女網紅帶著一群台灣人參加一場私人招待的莊園 Party，Party 名人匯聚、星光雲集。

「什麼？你說我們一介平民的網紅憑什麼被邀請這場宴會？」

女網紅在鏡頭前騷手弄姿地對粉絲告白，「因為我是來自中國台灣省的同胞啊。祖國希望台灣同胞都能感受得到祖國的好客與溫情，兩岸人民失散了七十幾年，祖國特別能理解台灣同胞的年輕人現在過著什麼樣水深火熱的生活。

「台灣省的治安差，出門被人砍，走路被車撞，動不動就火災、氣爆。我們台灣同胞命比較賤嗎？我們繳的稅都被政府給貪汙啦。看看人家中國人民的錢，都花在建設上……」

說到激動處，表情因誇張扭曲而看起來像是頭血盆大口的女妖，像是嗑太多藥興奮過度。

蛇仔盯著螢幕中的女網紅，終於想起了她是誰。

以前珮恩有一段時間很喜歡看智琪的影片，學智琪製作健康便當。她說不能老是每天都吃麥當勞跟外食，要學著做菜，以後一家人一起圍在餐桌前吃飯……

沒想到珮恩喜歡的網紅現在已變成這類型了哦。

相較於印象中智琪屬於鄰家女孩的出道形象，現在的智琪顯得妖異許多，精緻的裝扮和美肌特效，給他一種很奇怪的壓迫感。

蛇仔心中默默的感慨，這一年來世界變化得真快。

他看著自己至今仍是別人印象中八＋九的裝扮，他沒覺得不好，這就是他的風格，但這卻也像是一個標記，像是只有他自己還在原地。被拋在原地。

蛇仔撿起腳邊的搖控器，有氣無力的將電視關掉，忽然見到黑色螢幕上隱約反射出一個人影。

他以為看錯，定神一看，真的是一個人的樣子。

蛇仔嚇得毛頭皮發麻，立刻轉頭察看。

身後什麼也沒有。

冰箱門微開著。

他走過去，關上冰箱門，困惑地回想著自己是不是剛才忘了關？看著被自己亂砸過的房子就覺得好笑，都搞破壞了還管冰箱門有沒有關好？

沒辦法，這是他在家的習慣，不關好會心裡難受。

五、在黑洞裡的人

蛇仔想想，不太對，又再次把冰箱打開，有一鍋湯不見了。

忽然聽到屋裡某處確實發出了細碎的聲響。

這下確定這屋子裡有人。想及此，蛇仔毛骨悚然。為什麼會有人？他進來時，每一個房間都巡過了啊。

蛇仔的目光落在廁所——他唯一沒查看的地方。

拿起球棒，走近廁所，一把碰地將門推開。

一個蓬頭垢面的中年流浪漢，抱著那鍋湯，兩眼睜大的盯著蛇仔。

蛇仔緊握球棒逼近，流浪漢驚慌退後，嚇得把那鍋湯都打翻了。蛇仔看到對方明明年紀和身材都比他還高大，卻像老鼠一樣膽小。

「幹，還有人混得比我慘……」

「唔唔……唔。」

流浪漢發出怪異的聲音，比手劃腳，蛇仔不知道他在表達什麼。

流浪漢動作緩慢的從大衣口袋裡拿出了一張冥紙，露出一口黃牙笑著遞給蛇仔。

「幹，這是什麼啦？」

蛇仔覺得很詭異，不敢接過手。

流浪漢又「呃呃、呃呃」的比手劃腳，討好似的，又把冥紙放在一旁，然後伸手從撒滿地的湯菜中，撿菜來吃。蛇仔看傻了眼。

「喂，那個東西不能吃啦。」

流浪漢沒有理他，撿起殘菜的手還微微發抖，似乎已經餓了很久，動作又是那樣熟稔，顯然他時常吃這樣的東西。

「這樣吃會吃壞肚子。」

蛇仔上前拉住流浪漢的袖子，「還有別的東西可以吃啦，我找給你看。」他又勸又拉的將一臉驚怕的流浪漢拉出廁所。

蛇仔打開冰箱門，冷藏能吃的只剩下醬料罐頭，冷凍庫倒是還有一些食材。他將冷凍庫的東西全翻找出來，拿起一包麵條和兩片高級牛肉。

「你坐好等著。」

他決定使出渾身解數，大展身手。

下麵條這功夫對他來說簡單，煎牛排也不是難事。之前與珮恩闖豪宅空門的時候，他最常做的料理就是煎牛排。

流水解凍、煮水、備料。

熱鍋後，奶油塊在平底鍋上融解，散發出甜蜜的牛油奶香，讓原本縮在廚房門外的流浪漢忍不住引頸嗅聞。

蛇仔原本浮躁不安的心情沉澱下來，專注在料理上。

雪花牛排放入熱油中，滋滋作響。流浪漢已顧不上害怕，湊到一旁來，對著牛排猛吞口水。一邊好奇指著牛排，對蛇仔作出手刀切肉的動作。

「現在不能切啦。」蛇仔笑他不懂吃。

香噴噴的炒麵和牛排端上餐桌，流浪漢迫不及待，伸手去抓碰肉，一下就被燙了。

蛇仔教他用刀叉，看他不熟練的用奇怪的姿式切肉，忍不住笑出來，「沒有人這樣切肉的啦。」

第一口牛排吃進嘴裡，流浪漢的表情發生奇妙的變化，像是一個山頂洞人第一次用火吃到熟肉般，顧不上燙口，狼吞虎嚥了起來。

蛇仔心想，這人也不知道多久沒吃到正常的食物了，吃得像個餓死鬼一樣，好可憐。

「欸，你是怎麼進來的？」蛇仔問流浪漢。

流浪漢指指廚房外的陽台。

「你家住哪？」

流浪漢遲疑了許久，唔唔呃呃了幾聲，顯然是在說一個地方，但蛇仔聽不懂。

蛇仔在屋子裡找到一枝筆和紙。

流浪漢吃完牛排又忙著抓炒麵來吃，油膩的手拿起筆來就往紙上塗塗畫畫，畫了一個很大如黑洞般的圓圈，指了指自己，再指指黑洞。

「哦幹，你真的是山頂洞人哦？」蛇仔自顧自的笑了起來，笑得人仰馬翻。又問，「欸，阿你的名字咧？」

流浪漢又遲疑了，眼神中有所忌憚。

蛇仔再三催促，「怕什麼啦，我又不會叫警察抓你。我比你還怕警察啦。」

流浪漢再次振筆疾書，不知道在趕什麼的寫完。蛇仔將他潦草的名字拿起來看，轉來轉去就是看不懂這個鬼畫符，看了半天只看出一個「海」字。

「啊靠夭哦，你字這麼醜還怕別人認出你哦？」

蛇仔指了指自己，「我叫蛇仔，這個『蛇』啦。你知道吧？」他雙手合成蛇，左右滑動，「跟你一樣啦，『蛇來蛇去，蛇到別人家』。」

流浪漢也學著他比，還滑動兩邊的肩膀，滑稽的動作惹得蛇仔哈哈大笑，流浪漢也咧嘴嘿嘿地笑了出來。

兩個人笑得正酣的時候，流浪漢忽然臉色一變，警戒了起來，側耳聽著動靜。

「安啦，現在報警，警察都不會來，外面這麼亂，警察沒空啦。」

蛇仔剛說完，就聽到外面樓梯間有沉重上樓和掏出鑰匙的聲音。

「啊幹，真的有人。」

蛇仔起身，東張西望尋找躲藏的地方。流浪漢已往陽台跑去，發聲催促著蛇仔快點跟上。

「這個我不行啦……」

看著四樓的高度，和鄰棟陽台相隔一尺半的距離，蛇仔對自己的身手有所自信，但是他懼高。

流浪漢熟門熟路的把放在一旁的木板搭在兩個陽台圍牆間，動作利落的爬上陽台，順著窄長的木板走到隔壁去。

蛇仔也試著爬上圍牆，手腳都在抖。流浪漢在對面招手催促，他渾身僵直，要跨出一步都很難。

「啊——」屋裡傳來女人的尖叫聲，想來是這屋的女主人或房東太太的聲音，蛇仔嚇得一溜煙的跑到對面陽台上。

流浪漢收起木板，拉著蛇仔從另一棟公寓逃走。

蛇仔與流浪漢兩人各奔西東，就此分道揚鏢。

晚上。蛇仔在公園裡遊蕩。

剛被打烊的速食店趕出來，正在尋找今晚落腳的地方。

公園廣場上有一群青少年在燒不知哪來的傢俱和垃圾，引燃一堆熊熊大火，嘻嘻哈哈的繞著火堆在玩。

蛇仔走到涼亭，那裡已被街友占領，他找了張長椅便躺睡下來。

路燈下，他摸到口袋裡的一張紙，是白天情急之下從公寓帶出來的鬼畫符。

看著這張鬼畫符，想起那個膽小又好笑的「阿海」，心中忽然感到一陣說不出的落寞。

他好像能懂阿海，他活得孤獨，處境比自己艱難，一輩子就這樣活到現在，全身髒汙、牙齒脫落、臉色發黃。

他不想要跟阿海一樣一輩子流浪。

夜裡蚊蟲擾人，蛇仔睡得很不安穩。

或許日有所思夜有所夢。夢境將他帶到了從前，還跟珮恩在一起的時候，他們一起在夜市裡吃牛排……

畫面跳到跟統促兄弟會裡的大家一起飲酒作樂，珮恩也在，但她好像不是很開心，問她怎麼了，她都不說話。

強哥操著他那濃厚的香港口音，斯文的站起來舉手向眾人大聲號召，『好，大家行動吧！』一呼百諾，眾人高聲叫囂，各自拿著象徵希望的五星紅旗和棍棒，車隊浩浩蕩蕩的前往目的地出發。

畫面一轉，他人已站在混亂如戰爭的遊行現場，眼前地上跌坐一個年輕少婦，滿臉驚恐的一手護著隆起的肚子，一手擋在頭上。蛇仔發現自己正舉著釘滿釘子的「狼牙棒」，雙手對著少婦揮打下去……鮮血濺了他滿臉，視線一片血紅模糊，他擦掉臉上的血，才驚覺打的人是珮恩。

他驚醒。汗流浹背。

幸好只是夢。不是珮恩。

但那其實也是別人。蛇仔想起那次和平與抗中遊行後的報導：『……造成兩人死亡，多人受傷。』腦海裡浮現少婦血淋淋的倒臥在血泊之中的畫面。

蛇仔抱住自己的頭，冷汗淋漓，不停顫抖。

「不是我……不是我殺的……不要來找我。」

事發已經過去好一陣子了，噩夢還是會不時出現嚇他，那少婦的怨魂彷彿一直跟在他的身後，從沒遠離。

他自己也不知道那段時間是怎麼回事，只要跟兄弟會的人在一起，就會變得很亢奮，人多勢眾，什麼事都做得出來。但是他沒有殺人，為什麼總是夢到少婦血淋淋的來找他？

蛇仔捂臉，心中無比恐懼，不管是睡著還是醒著，他過著有家不敢回，看到警察會心虛，只能到處躲藏，露宿街頭的流浪日子。

他不要一輩子都過這種生活。

六、小狼狗

難得的休假日，智琪一點也不想工作的事，只想與她的「允碩小鴨鴨」上床。

房間的燈光不用太亮，這樣更有氣氛，這名被她指定包養的小男鴨就會更像她的允碩。

兩人的連結運動到激烈之處時，她喊著對方允碩的名字，但從不要小男鴨回應她，這小男鴨除了聲音不像又鄉音太重之外，其他方面雖不及她上過最好的，但綜合評比也算令她滿意的。

完事後，智琪留小男鴨一起吃飯。吃完飯後就讓他閃人，從不留人下來，也不談心，一談就破功，破壞她完美的愛情。

允碩小鴨鴨走後，屋子也靜了下來，若大的別墅只有她一個人在家。

每次歡愉過後感覺到的卻是滿室的空虛。

最近偶爾會想起以前在台灣的日子。忽然想吃蚵仔麵線。

這裡雖然有很多掛名灣灣品牌，大半都是仿冒的，味道也不道地，道地的那家竟然也關門了。中國經濟比她想像的還要差，不如來之前以為的繁華，光看城市外觀依然是光鮮亮麗，民生日常卻苦不堪言，現在除了幾個特別景點示範區外，到哪都冷清，死氣沉沉。人都到哪去了。

她還不如回台灣的時候再吃。順便看醫生。不知道是因為水土不服還是什麼原因，她來中國之後腸胃和身體一直出毛病，跑醫院等得又久又貴，服務又差，感受很糟。

想找人說話時，智琪在這裡也沒什麼說得上話的朋友。圈內人勾心鬥角，競爭激烈，內捲嚴重，稍一不留神被人抓到把柄，就會變成被人利用的跳板，她能相信誰？

她滑著手機，想起了一個很久沒聯絡的好朋友，對方結婚生子後就很少聯絡了。

翻找電話時，忽然看到前男友栢恩的號碼排序在朋友的上方，她頓了一下，原來自己還沒刪除啊。

她不以為然，但撥打時竟然按錯，按到栢恩的號碼，嚇得她立刻切掉，轉打給朋友。

朋友的聲音和語氣依舊，對她到中國發展很感興趣，智琪原本想抱怨在這裡的生活，但一開口卻又習慣性的滿是炫耀這裡好，朋友愈是羨慕，她內在真實心聲愈是一個字也吐不出來。

她無法擺脫別人羨慕她的目光，雖然偶爾對這樣的自己感到一絲的厭惡，卻也無法抵擋虛榮帶給她無窮盡的吸引力。

朋友說也想來中國看看。智琪一口答應，還說可以順便幫她免費辦理現在最搶手的中國身分證、中國免費創業貸款、免費全新套房、家電、電動車0元購。

朋友也問起了智琪的家人。爸爸中風，家中經濟陷入困難，但那對智琪來說已經是很久以前的事了。

想到後來家人聯絡她都是為了開口要錢，就連她遠到幾千公里外，家人還死纏不放，催命般的在催她匯更多的錢，還說要來中國找她，享受一下她的繁榮富貴。她推拖延遲，就怕他們真的來了就住下了，到時候那該怎麼辦。

智琪看時間差不多了，晚上還有更重要的事，得與朋友依依不捨的掛上電話。

栢恩回撥過來，她不敢接。

栢恩傳了訊息來，問她最近日子過得好不好，她沒敢點開來看，怕想起太多從前。

那些沒什麼好想的東西。

□

私人招待所裡，地方官員政商聚會，高談闊論，尋歡作樂，連陪坐的女人都不一般，多半是已在圈內的知名藝人與名媛。在這隱密的環境裡，那些體制內微妙的、外界所窺視不著人事物，都會赤裸裸的攤在面前。

談笑間，智琪無意間聽到統戰部裡流出來的消息，百萬軍力飛彈已在沿海布局，等待時機隨時出兵，收復台灣。

武統台灣的消息常常有，智琪從小聽到大，不過那些飛彈都是對準台獨份子的，與她和她的親友家人都無關。

油膩高官揉抱著智琪，談笑時抖動著那鼓脹的肚皮。智琪依偎在高官的身邊，還嗅得到他身上那股混雜著菸味的體臭，一開始很不喜歡，現在也已經沒感覺了。

她在這已學會用自身是台灣女人的身分，來換取更多的財富與人脈資源。他們稱之為「異化」——從凡夫俗子昇華到異於常人的高端過程。

「以前打台灣不容易，現在用騙的就容易多了。讓他們自己亂了套，咱再慢慢收拾。」一名官員抽著大煙說著。

有人持不同意見，「台灣人和中國百姓還是不一樣，中國百姓好管，台灣人在蔣介石時代死的人不夠多，也沒連座通殺，遺留後患，人民的反抗心才會這麼強。現在又多出了護台什麼聯盟的，想把我們的人拉下台?這些台獨頑固份子真不知死活。」

「那些人口遲早全都要清理掉。兩千三百萬人在十四億人口中是什麼概念?咱疫情那年就死多少億人了，還差他們那麼一點?」說話的官員上身依舊西裝領帶，下半身已光著兩條毛毛腿接受半裸女人的口技服務。

留島不留人這說法智琪也早就聽到耳朵長繭，但是臨場聽見中國官員這麼說，智琪還是難免感到心驚。

「那會死很多人嗎？」智琪小聲的問油膩高官。

「不要在這裡嚇我們的智琪寶貝兒，台灣人各個都是寶，不能隨便亂殺，那些反抗的頑固份子還得好好集中處理。」油膩高官撫摸著智琪的頭，將她往身下壓，「來，給我舔舔。」

「現在那裡到處都有咱的人，什麼護台聯盟那點死老百姓搞不出什麼花樣。一但咱們的人簽下和平協議，解放軍就能出兵斬首，兩天之內拿下台灣。」

酒酣耳熱之際，幾名官員不忙國家大事，各自開房間爽快去。

油膩高官也被智琪舔得快頂不住，迫不及待摟著智琪，滿口汙言穢語的笑說，「老早就想捅妳了。」

智琪聽得沒怎麼舒服。但這正是高官對她興致最濃的信號，她等的就是這個機會，要自己最想要的東西。

整晚折騰完之後，油膩高官不住讚美。

「台灣妹子的身體特別軟，特別好睡。」

「乾爹，那關於省級統戰部那裡的專屬業務代理權……」智琪暗示著。

高官滿臉橫肉笑著，「好好好。都交給妳。」

□

智琪帶著疲憊厭倦離開接待所。

回程的路上，看到路邊有兩個小學生，被四五名男子硬要拖拉進一台廂型車裡。

「那是怎麼回事？」智琪問一旁的助理。

「大概是逃家的小孩被抓到吧。」

那幾名男子都平頭壯碩的身材，怎麼都不像是家長。兩個孩子尖叫大喊，但是一旁路過的人只是冷漠經過，連看也沒看一眼。

這時衝出一對夫妻，大喊著那是他們的孩子，但是車子已經發動，任由妻子再怎麼追也追不上。那丈夫跑得還快，抓住了車門，一下子就被車甩彎撞在地上，倒地不起。

婦人拉著一旁的交警的褲管，跪求交警救救她的小孩，那名交警雙手交抱胸前無動於衷，不耐煩的踢開婦人，嚴斥她怎麼證明兩個小孩是她的。

這種當街擄人、打人、拖人的現象智琪不是第一次看到了，來中國這幾個月看過幾次，也習以為常。只是之前被抓的都是成年人，能腦補他們是出於私人恩怨，第一次看到抓的是小孩，父母還都在場，這詭異的社會現象終於喚醒她無法忽視的內在深層不安。

助理看她煞有其事的陷入沉思，忍不住笑她小題大作，沒見過世面。她若想再多問一句，助理也不會跟她多說什麼。因為那也不關他的事。

經紀公司的人透露消息給她，台灣國會戰爭已白熱化，攻台的時機趨近成熟，要她準備收網行動。

智琪問公司，在台灣的家人朋友怎麼辦？公司回答得很簡單，接來中國啊。解放軍登陸後必定會有一波清洗行動，有中國身分證的人也會被集中管理。

「集中管理？有身分證還是會被抓嗎？」智琪不敢置信的問。

公司也回她一個大白話，「兩岸都統一了，那些人拿什麼證都沒差，沒有政治利用價值了嘛。上頭最怕這種心不忠的牆頭草，不過這種不會反抗的也特別好抓，會第一批先處理掉。」

智琪聽得心驚膽顫。想起阿祖曾說過的故事，當年大陸淪陷，四九年投降共產黨的國民政府軍，全在韓戰爆發時被推到前線當砲灰，幾乎沒有人生還下來。

經紀人對她說，「妳放心，你們不一樣，你們對祖國有功，黨都看在眼裡。統一之後要是妳想從政，黨也能幫妳安排。」

從政智琪沒想過。不過更上一層掌握權力的感覺似乎也很不錯。

智琪想起允碩曾說過她是與眾不同的女孩，是一個極有潛力的女孩，她對自己再次充滿了信心。

只是目前她感到煩惱的是，以目前來說父親的病在台灣才能有良好的醫療照護。要是台灣政變成功後引發清洗戰爭，那麼是否該把家人先接來中國安置？

儘管智琪也沒有真的很習慣在中國的生活，在這裡人們不是互防就是算計，過得很心累，但至少她現在還能擁有一個人清靜的空間。當初她之所以決定來中國發展的原因之一也是為了擺脫家人。

那就當作不知道這些事好了。

她安慰自己，反正她知道了什麼也不能講，不如眼不見為淨。

「妳會留在中國嗎？」

趴睡在她身旁的允碩四號機問。他的背上滿是智琪的抓痕與鞭打痕跡，脖子上的項圈皮帶還未解開，他喜歡這樣被虐待，智琪發洩不滿時是他最享受哀嚎的時刻。

「不會，我是來賺錢的。」智琪說。

再撈一陣子她就要去美國了。擺脫爛透了的一切。

等以後兩岸局勢穩定後，她也許會再回台灣，過像以前大學時一樣單純平靜的小日子。想到這，智琪都對自己感到意外，她竟然會想念過去無聊平凡的日子。

「哼。」這個允碩四號機生氣了，「你們台灣人就只想來賺我們中國人的錢，沒良心。我要走了。」

智琪看他鬧脾氣時還故意甩著兩手起身穿衣服，娘裡娘氣真的要走人了。她一點也沒想挽留。他只有聲音跟允碩很像。虐待他時能獲得一種安全感，聽他發出的哀嚎聲，讓她幻想自己能夠掌握住允碩的一切。

不過這個也有點玩膩了。「慢走不送。」她說。

畢竟不管她找來的人再怎麼像，都不是允碩。

而了解她，能與她心意相通的允碩，現在已不能滿足她日漸乾枯的內心了。

人心如海，更新再多次的允碩，也無法精準的挑出她心海中的那根刺，撫予她真正需要的體溫與呼吸。

何況到中國生活之後，從這裡的劇院系統喚出來的允碩都有點卡卡的，還時常會黑屏，偶爾停電。搞得正濃情蜜意中時的她掃興連連。為了保持允碩在她心中完美的形象，不願見他在屏幕上突然歪斜白眼顫動當機的醜態，她已經很少喚出允碩了。

她起身，吞了一顆藥。將內心莫名的不安與恐慌感壓低下來。

不知為何，她又想起了栢恩。

她立刻打消這浮出的劣等念頭。

她現在是高端之上的人，要什麼男人沒有。

七、親中市

蛇仔走出火車站。

迎面而來的是圓環前大型螢幕看版，智琪穿著大紅旗袍，美滋滋的亮出自己的中國身分證。一旁的廣告寫著：

「想体验上流人士的生活吗?在这里不需要有钱，只要是心系祖国的台湾同胞，都能享受和我一样的特权生活，让我们一起说好在台湾的故事。」

自從政府整治統促兄弟會後，將之列為顛覆國家罪犯，五星紅旗已不能這麼明目張膽的出現在街頭。

不過這裡很不一樣。身為親中友好的姊妹城市，滿街中國口音人士、簡體字招牌、到處播放中國特色音樂與活動比其他縣市還要發達，甚至還能在市政府中心掛起五星紅旗與中華民國旗並行。

蛇仔對政治不熱衷——之前他曾狂熱過一段時間。現在對他來說，政治不關他的事，爛日子在還沒死之前都得照過，沒什麼差別。唯一只在意五星紅旗的顏色像鮮血，每次看見都讓他扎眼，心虛。

蛇仔走進一間最近很熱門的網美咖啡店裡，大白天店內燈紅酒綠的光線，放著輕的快舞曲音樂，氣氛很迷幻。

小李慵懶的靠在沙發區上，親密的攬著身旁的美女，那美女開口和蛇仔打招呼，聽得出來是道地的中國人。

「你實在是沒意思，約這麼多次才出來。你這陣子到底跑去哪裡?」

小李搥了蛇仔的肩膀一下，雖然是輕搥也頗有力道。蛇仔只是陪笑了一下。

現在不知為何看到小李，就會想起和平與抗中遊行那天的畫面：

小李「殺」紅了眼，拿著棒球棍朝人群中隨機攻擊，身上染滿不同人的鮮血。

當時小李那扭曲拉長的五官，如野獸般叫囂的興奮怪聲，和現在斯文白淨一身高檔潮牌的打扮判若兩人。

「欸，給你介紹一下，這我老婆，蕎蕎。」

蛇仔很驚訝，怎麼幾個月不見，小李就結婚了。

小李賊兮兮的跟蛇仔說，「蛇仔，感不感興趣？現在很多大陸的美眉都想跟台灣人結婚，你要不要選一個喜歡的，還有錢拿。」

蛇仔忍不住瞄向蕎蕎。

「靠夭啊，」小李打了蛇仔一拳，「你這什麼眼神，我跟蕎蕎是真心相愛才結婚的好不好。不一樣啦。」

看蛇仔興致缺缺的樣子，小李又抱怨起另一件事。

兄弟會攻擊派出所的那次突圍行動，蛇仔落跑了。

蛇仔推拖沒去，真實的原因說不出來。

是因為和平與抗中遊行那次，孕婦被打死的事讓他一直無法忘懷。

小李愈說愈激動，「很多人被抓耶。幹，好幾個兄弟都被關了啦，聽說會被判重刑，可能要關好幾年吧?真沒道理，這政府真有夠獨裁，鬧一下就要被判這麼重?那天死的很多都是逃獄的現行犯耶，我們是在替天行道，台灣英雄耶。還派軍隊圍攻我們，幹，那天看到軍隊，我差點閃尿。」

「你現在看起來也沒事啊。」蛇仔說。

「你有沒有兄弟情啊，同情一下我們那幾個兄弟行不行。我沒事是因為我本事大。」

蛇仔則認為是因為小李就是個幸運兒，一路走來都那麼順遂，有個黑白通吃的台商老爸，就算小李打死人，他老爸還是能把他給保出來。

「欸，你不要這麼消沉啦，我來跟你說一件正事。」

小李提起強哥被抓之後，統促黨也被強制解散，現在兄弟會有新的人來帶領，不明著幹，要暗著來，衝鋒小組現在正缺人。

「聽說現在價碼是沒之前高啦，就看個人表現怎樣，敢幹的話錢當然還是可以撈不少。」

「不想回去。」蛇仔說。

「為什麼?」

「我找不到做那些事的理由。……破壞真的是為了創造未來嗎?我們那樣幹到底創造出什麼?」

「幹，你什麼時候變哲學家啊?想這麼多幹嘛啦?」

小李忽然想到了什麼，「創造什麼哦?……嘻嘻嘻，創造白癡啊。」

他拿起手機滑給蛇仔看，一段網路影片。

「這人你知道嗎？」

蛇仔盯著畫面中的病床上，一個五官清秀分明的青年，神情呆滯，理光的頭上纏著繃帶。

蛇仔認得出這青年，心下一沉。

和平與抗中各立場匯聚遊行的活動那天。

蛇仔和其他兄弟一起混入遊行的人群中，假裝也是民眾之一。

他太緊張了，那名穿白襯衫的留學青年察覺到他，過來問他是不是人不舒服？其他人見狀也湊近他詢問是否需要幫忙。

蛇仔從沒感受過被陌生人這樣主動關心，且還不止一人，他有些害怕了起來，一股厭惡感也隨之浮出，當下他只想逃離。

他腦海中憤怒的辱罵這些靠近他的人偽善。

——少裝了，人真的這麼好，世界還會變這麼糟嗎？那我遇到的那些爛人爛事又算什麼？

留學青年要他等一下，跑到一旁的攤位去要瓶礦泉水。

蛇仔趁機溜掉了。

攻擊事件開始後，蛇仔打人打到眼紅。在攻擊那名跌倒的孕婦時，根本沒有猶豫過，腦熱讓他毫無理智，狠狠一棒下去，忽然有個人影撲來，他打到的是那個留學青年，青年應聲倒地不起，頭破血流，手上還拿著礦泉水。

蛇仔看到那瓶礦泉水，瞬間清醒。他詫異的愣在原地。

青年當場昏迷過去，那名孕婦腳扭傷也爬不起來。小李從後衝上來，對著那孕婦猛烈攻擊，像是在打殺父仇人一樣。

鮮血濺在他們兩人的身上。

蛇仔親見看見一條活生生的人命在面前消逝。

蛇仔內心裡曾嘲諷那些遊行的人都像北七，他才不屑別人的良善。

而現在這個青年聰慧乾淨的長相，卻是一臉癡呆的模樣，真的變成北七了。

小李興奮的說，「這個就是在遊行的時候揍過的一個留學生啦，哈哈，耶魯高材生專程飛回國被我們打成白癡了。」

小李說被表揚的時候才知道原來打這種人錢拿得比較多，早知道專打這種人賺的還比較快。

蛇仔以前最看不順眼那些功課好、聰明又長相討人喜歡的優等生，但現在看到這樣前途大好的人，人生真的完蛋，他沒有勝利的感覺。

蛇仔低過視線，不敢再看影片中的人。

「喂，你有在聽我說話嗎？」

「有啦。」

「你怎麼都開心不起來啊？」

也許以前的他會開心吧。別人變成白癡，自己也沒變得好過。

「好啦，跟你說一件正事。」

小李說自己在準備要去中國。短時間之內不會回來，而且這幾天就去。

「你要去接你爸在中國的公司哦？」蛇仔問。

小李很不屑，「靠北哦，我靠自己啦。」

小李悄聲的在蛇仔耳邊說，強哥外逃被抓之前，有筆詐團的錢，沒人知道這筆錢在他身上，而且是一筆不小的數目。

蛇仔很驚訝，「這沒問題嗎？」

「當然遲早有問題。所以我才要先閃一下。」

小李打算帶拿這筆錢去中國發展，順便叫他爸幫他搞點人脈關係，他要做自己的事業。「你要不要跟我一起去闖一闖？我這筆錢分你一半。」

蛇仔不想。

「你到底來不來幫我？兄弟裡我最信任你。」

「去中國跟去柬埔寨有什麼不一樣？」

蛇仔還記得自己當時去柬埔寨被騙，被整得很慘，後來是九死一生才逃回來。

小李是天之驕子，儘管他跟自己一樣不喜歡回家、討厭他爸，但是小李每次出事他爸還是會罩他，蛇仔出事阿爸只會揍他，小李隨便亂混都是好事，他認真過日子也倒大楣，他們兩人的命運本來就不一樣。

「你到現在還在怪我哦？當初我叫你快點過來，你就跟現在一樣拖拖拉拉。要是早點跟我一起去，就跟我一起當主管了啊，你被分到別區當詐騙，欠了一屁股債逃回來，我不是還幫你找強哥幫忙嗎？我是不是真的有把你當成兄弟，你自己說。」

當然是兄弟，蛇仔毫不質疑。從以前小李剛轉到他們班上被欺負，都是自己在罩他，這種兄弟情不是一般交情。

小李將腳邊的黑色旅行包推給蛇仔，示意要他打開來看。

蛇仔拉開拉鍊一看，裡面滿滿的千元大鈔。聽小李低聲跟他說，「這只是一部分，你先拿去。」

蛇仔遲疑了。這些錢很誘人，他之前再怎麼努力都賺不到的數目。他忍不住提了提旅行包，這重量還真的會讓他拿到手軟。

「讓我再考慮一下。」蛇仔說。

「嘖，厚……」小李不耐煩的問，「你要放棄珮恩了嗎？」

蛇仔像是忽然被點穴。

「你不就是因為沒錢才留不住她嗎？」

小李又說，「這次我是真的要去中國開公司做生意，不是做詐騙，是賺乾淨的錢。我跟蕎蕎結婚了，我也想給她安定的生活。你不想去泰國找珮恩嗎？」

蛇仔心動了。

八、通行證

台灣的公寓大樓仍然是又老又舊，小巷弄間透著熟悉的生活氣息，不知何時這樣的街道竟還成了韓國藝人最喜歡打卡拍照的地方。

且路上又到處都是人，安靜地熱鬧著，讓智琪回台後產生了一種認知錯覺。

她開始搞不清楚兩岸之間什麼才是對的，什麼才是更好的了。

她走在路上與人擦肩而過，會立刻警戒的看著對方，但那被她擦撞到的人卻先跟她說抱歉，她才發現自己以前也是這樣的人。

她竟然有點想哭的感覺。

但是這種軟弱的性格是種劣根性在作祟，她是戰狼，得把這種劣根性去除得乾乾淨淨才能繼續往上爬。

智琪赴醫求診，順便開直播放送到中國平台上，介紹台灣醫療的便利和服務品質。

「嘩～台灣的醫療真的沒話說，拿這麼多藥，健保都有給付，只付掛號費而已，就算是自費也相當便宜。歡迎中國的朋友們來台依親看病，享受台灣的頂級醫療服務哦。」

智琪剛走出醫院門口，一個剛領完藥的老婦，拉著菜籃追了上來，手裡拿著蘿蔔指著智琪。

『妳不是那個、那個那個什麼……烏克蘭傻妹嗎？舔共賣國賊！』

智琪臉色丕變，「閉嘴啦，死老太婆，七月鴨仔不知死活，等解放軍來你們這些台灣蛙就知道了。」

智琪一秒回到鏡頭前，瞬間又回復她親和美麗的模樣，繼續直播下一站中國台灣省的派出所。

「晚點再帶你們去參觀台灣小學生的放學盛況。」

□

小李帶蛇仔來見智琪，位在一處臨近市政府的辦公大樓內。

來的人不只他們，還有好幾組排隊的人群，有男有女，大多都是年輕人，分別排不同的房間窗口。

「一般來說智琪不直接見人的，是因為我們這幾人身分都有點背景，你剛好可以跟我一起開開眼界。」小李對蛇仔說。

他們和幾人進到房間，在沙發上坐成一排。智琪如大老闆般坐在辦公桌後，與他們隔了一段距離，她態度高傲冷淡，一點也沒有直播中那麼活潑熱情的樣子。

蛇仔心想，小李說跟智琪很熟，現在看來好像也沒有很熟的樣子，小李在面對智琪的態度顯然是矮了一截。

「大家的時間都很寶貴，來的目的我們就直白說了，好聽話是赴中發展來找我們辦證，大家應該心知肚明自己是要幹什麼用的吧?」

智琪接著說，「現在台灣局勢不穩定，中國身分證很搶手，以前早期還能免費辦，現在一個人至少三十萬起跳。找別人辦還可能拿到假證件，透過我既有保證，還能快速通關，一口價五十萬。二十當買保險，兩岸通行無阻。」

有人私下互咬耳朵，怎麼短時間又漲價了。

「到時候解放軍登陸，第一個優先認證就是看我手上這張中國身分證，保命符的優先席。要辦的人現在就可以填表，三天快速領證。我可不保證解放軍什麼時候登陸哦。」

蛇仔不知道辦一個中國身分證要這麼多錢，詫異的看著小李，他身上連五佰元都成問題。而在場也有不少人似乎早有準備，拿起桌上的表格毫無猶豫的開始填寫。

一旁的年輕人勸蛇仔別猶豫，「一條人命五十萬，比買棺材辦事喪事還便宜。這錢不花，下次要再來還不一定有機會。」

小李要蛇仔放心，這筆小錢他出。

兩人要分開時，蛇仔問小李，智琪說的那些話是什麼意思?

小李說，「行銷話術而已啦。不過辦證愈來愈貴是真的，兩星期前辦的時候才十萬，是因為一堆人搶著要辦證才會漲這麼快。」

「你相信解放軍會登陸嗎？」蛇仔還是有些在意。

小李聳肩，「我對政治又沒興趣。」

『拚經濟最實在啦。』

小李的話讓蛇仔反覆思索。

現在就連小李這種比他還混的人都已經步入人生下一階段了，自己日子愈過愈糟，還什麼都沒有了。

他心中雖然有點嫉妒小李，但是小李也是真的把他當兄弟。他還記得他們以前在學校的時候時，都說好以後畢業什麼事都要在一起，小李至今也沒有忘記。

他應該把握這次翻身的機會，跟小李一起到中國打拚吧。

赴中之前，蛇仔想先回家看看。

離家好幾個月，他一直不敢面對父母，現下要去中國，下次回來的時間連自己也無法預期。

九、不要坐船

離開親中市後，蛇仔往返家的方向搭車，路上遇到反共護國遊行隊伍，五彩繽紛的愛國反共訴求，氣氛熱絡，延綿有一公里長，警察全程定點戒備，隔開親中派敬老黨的挑釁與衝突。

蛇仔家的蛇肉店在市場的小路邊上。

他只敢躲在牆柱後面對著家門口偷看。

家裡不知何時已經不賣蛇肉，改賣麵食，「蛇王」那塊舊扁額仍然掛在店裡，像是塊過時的裝飾品。父母兩人在店裡忙進忙出，蛇仔發現幾個月不見，母親的頭髮花白了些，而一向硬朗的父親走路也出現問題。

一直到晚上，整條市場路僅剩昏暗街燈，蛇仔家的店面仍然光亮著。父親跛著腳搬打烊後的鍋具，母親依然習慣駝著背刷洗碗盤。

蛇仔剛走出去，一個鄰居阿桑出現，他又縮回了牆角。

「你們蛇仔還沒回來？」鄰居阿桑問。

「就當他死了。」父親說。被母親打了一下，眼神瞪視，才又不甘願的改口，「說那摳沒用啦，永遠死性不改，不回來也沒關係，反正當作沒他這個兒子更快活。」

母親不滿意，但也拿父親的嘴沒辦法。

「你不要再這樣詛咒自己的兒子。」

母親蹲下身，一邊幫坐在椅子上的父親腳傷換藥，一邊出言警告。

「要是他哪天回來，你敢再罵他一句，我就跟他一起離家出走。講幾遍了……你才死性不改。」

「知啦。」父親咯咯笑了兩聲，「妳還不是很愛？」

「愛你這摳死人骨頭啦。」

蛇仔沒看過父母這樣的相處。——應該說他們很少會在他面前這樣打情罵俏，以前家裡生意忙，他們要不累得像狗一樣，要不就是累到時常吵架。他很少見到父母也有像現在這樣愜意自在的時刻。

他也才在這時候知道父親是日前出車禍斷了腿，一腳還打著石膏，一腳擦傷，得天天換藥。傷未癒仍得照常開店忙生計，蛇仔心生愧疚。

心中忽感落寞，儘管以前就曾懷疑過，現在見自己不在家父母的感情反而更親近，果然自己只是家裡多餘的麻煩。

蛇仔走了出來。

母親起覺只是察覺店外有個人影，定神一看，是蛇仔，愣了好一會兒才起身，高興的喊了蛇仔一聲。

父親則是裝作沒看見。

母親趕緊把蛇仔拉回店裡，怕他會再溜走般，不忘對後方的父親揮手，示意他不要來亂。

「這次出去較久哦？」

母親沒有多問，只問他吃飯了沒？蛇仔點頭，但自己的兒子怎可能不了解。母親輕瞪了他一眼，「看你瘦成什麼樣。」立刻說要去煮點東西給他吃。

蛇仔沒有拒絕，只能與父親同桌坐在一起，一人坐一邊，沒話說，氣氛頗為尷尬。

蛇仔是冒著肯定會被父親拿著棍子打的決心回來的，結果父親只是沉默不爽，要揍不揍，最後還是吞忍下來的樣子，只是時不時的嘆口大氣。蛇仔內心更感到愧對。

母親端了豬腳麵線來給蛇仔，看蛇仔吃得急，母親歡喜得不忘叮嚀吃慢一點，不夠鍋裡還有。

蛇仔低著頭猛吃麵，試圖掩蓋溼潤的眼眶。

母親說，「平安回來就好。」

蛇仔走回自己的房間。匆忙離家那天房間弄得很亂，之後母親仍如往常幫他收拾打掃。母親走來，坐在蛇仔的房間裡說話。說一些家常瑣事，和他以前小時候的事。從蛇仔小五之後，母子倆就幾乎沒有這樣親暱的聊過天了。

蛇仔很想在離開台灣之前，把內心一直以來的困惑說出來：為什麼父母要生下他？他一直不知道自己活在這世間到底是為什麼，但這話卻怎麼也說不出來。

他只好問母親，「阿爸長得又不帥，脾氣暴躁人也真粗魯，為何你當初會跟他結婚？」

「早知道他老了這麼顧人怨，我才不要跟他。」母親露出一臉嫌棄般。

母親又回想，笑說，「不過他年輕的時候，也沒那麼醜啦。」

「我跟你爸認識，是因為以前你爸跟你阿公在台北賣蛇肉，那個時代生意還不錯。我在街頭顧唱片行，那時候我也是很多人追，你爸只是其中一個，我才沒看上他。

「有一天，有客人遇到飛車搶劫，你爸真英勇，衝出去追，丟出一條蛇就套住搶匪的脖子，搶匪嚇到摔車，尿都流出來了。蛇街的人就叫他蛇王，打那塊扁額送他。」

蛇仔想起自己小時候被人嘲笑的綽號，都是因為媽媽暱稱他「蛇王子」，氣得要媽媽不要再這樣叫他，噁心肉麻，結果還跟媽媽吵了起來。原來不是「王子」是「蛇王之子」的意思，這真相也讓他有點哭笑不得。

「我就是欣賞他為人正義英勇，才會嫁給他。」母親說到這，不好意思的低頭微微的笑，像個少女一樣害羞。

蛇仔沒想過父母也有這樣一段愛情故事，還以為他們是不情願被推作堆的冤家。他這時不禁去想父親年輕時是什麼樣，他們談戀愛時，母親是不是也像珮恩一樣依偎在父親的肩膀上。

蛇仔又問了更多母親關於父親年輕時的故事。他第一次對父親的事感到很好奇。母親也難得提起了過去，在他出生以前的事，那是他出生後家裡生意忙碌，從未有機會知道的酸甜回憶。

蛇仔感慨，如果早點知道父親年輕時是怎樣的人，或許他對討人厭的父親會有不一樣的觀感。

「你這次回來有什麼打算?是不是之後又要離開了?」母親問。

蛇仔心虛，他什麼都還沒說，媽媽卻都看得出來。

於是蛇仔將自己打算去中國工作的事告訴母親。

母親只是點了點頭，沉默了一下。

「聽人都說中國經濟發達，也不知道是不是真的什麼都比台灣好，你要去那找機會，我阻止不了你。你自己凡事小心，中國不像台灣自由，不要給自己惹麻煩，凡事要替自己留個後路。」

母親神情難掩落寞。

像是想到了什麼，對蛇仔說，「你千萬別坐船，你命中忌水。也別再欠債了，家裡差一點要被法拍，媽媽已經沒私房錢可以幫忙還錢了。男子漢失敗沒關係，肯努力運就會來，千萬不要勉強自己去做壞歹誌，沒錢人平安回來就好。」

母親看他那心虛不安的樣子，對他又說，「你不用擔心地契的事了，我跟你爸說是我自己拿給你的。你爸氣得要命，但是也不能拿我怎樣。」

母親說到這，笑著描述父親氣到「噗噗跳」的模樣，蛇仔也忍不住崩了嘴角。

母親離開房間後，蛇仔過了一會兒才想到。

拿出身上僅留的一條金項鍊，這是他今年母親節用自己身上最後的錢買的。

他走到母親的房間，人不在，似乎是去洗澡了。

他發現梳妝台上放滿了藥袋。

什麼時候那個曾像珮恩一樣年輕過的媽媽也花白了頭髮，全身病痛。

蛇仔想著年老又病又傷的父母，想起珮恩說他長不大，是個扛不起的男人，望著梳妝台上的那堆藥袋，溼了眼眶。

他連一個兒子都當不好，還當別人的什麼丈夫，什麼爸爸？

□

清晨，母親擔心蛇仔又一聲不響的偷溜走，起床後便過來蛇仔的房間看一眼。發現蛇仔已經不在房間裡，睡過的綿被折得整齊。

母親默默的走進來，坐在蛇仔的床鋪上，感覺到床鋪上還有點餘溫。她起身，急忙的走下樓，想看看還追不追得上，她還有東西要給他。

一下樓就撞見蛇仔在店裡準備開店。

見母親那緊張驚訝的模樣，蛇仔對她說，「媽，我沒有要走了，我想要留下來幫忙。」

母親喜極而泣，過去緊抱住蛇仔。

「你別在那裡給我幫倒忙就好了。」父親起床一臉惺忪，嘴裡仍沒好話。

母親拍了父親一下，「一透早就囉嗦，嘴巴臭摸摸。」

這日，一家三口一起開業，厝邊鄰居都來慶賀。雖然也有人當面數落蛇仔之前的行為，他都甘願承受。

蛇仔以前也幫忙過家裡賣蛇湯，那時候很不情願，別的同學都可以玩，他卻要假日留下來幫忙。但是現在的他甘之如飴，心中也找到了踏實感。

蛇仔打電話拒絕了小李。跟他道歉。那五十萬塊他會想辦法還給他。

小李很不能諒解，在電話裡臭譙蛇仔。

「你不怕留在台灣死路一條嗎？台灣快完蛋了你還不知道？」

「就算阿共仔打來，我也要留在台灣保護家人。」蛇仔聲音虛弱的說，果然聽到小李在電話那頭哈哈大笑，笑他自不量力，不是個「咖小」。

小李氣沖沖的掛斷了電話。

蛇仔長嘆了口氣。

已經決定的事，他自己也不會想再改變，只是對一直為他著想，想拉他一把的小李感到抱歉。

十、兩腳羊

智琪直播新車開箱，中國電動車無人駕駛舒適又安全。只要設定好目的地，掃描瞳孔就能確認駕駛身分，系統會依照車主駕車習慣，戴送到目的地。

智琪一邊補妝，一邊誇讚行駛中的電動車性能。

這時訊息傳來，是栢恩。她在前往景區的車陣中，堵車也是閒著無聊，就順手揩開了訊息。

本以為栢恩會傳什麼肉麻思念之類的問候，原來是則轉發的新聞。

台灣政府要嚴查擁有雙重國籍的人及仲介，經查證將註銷中華民國國籍。

智琪直覺這事有點不妙。

但又想，台灣政府是能拿她怎樣？她有的是中國罩她，台灣再囂張也沒得囂張多久了。

車子終於脫離了塞車路段。下高架橋後，在一個路口轉彎處，突然車子急煞，將她嚇了一跳。

原來是車子偵測到有人衝出來。

那碰瓷的人見沒撞上，就衝過來緊趴在她的擋風玻璃前，對著她大喊要錢。

眾人圍觀下，警察走了過來，要她開門下車，她覺得莫名其妙，要開車窗時發現車窗沒反應，要開門時門也卡住，她試了幾次，警察不耐煩，警棍用力敲了下去，將她從車子裡粗暴的拖了出來。

智琪坐在警局裡，看著那幾名粗魯對待她的警員。

警官帶著幾名警員對她再三鞠躬致歉，將她的身分證及手機恭敬的還給了她。

智琪開直播，離開警察局後向擔心她的粉絲報平安。

「只是小誤會而已，警察人很好，很快就道歉送我離開了。」最後不忘宣傳擁有台灣人身分能在中國享有的特權待遇及好處。

這一小意外插曲雖然落幕了，但是智琪那天的景區假期也泡湯了。她的車子送修原廠，至今沒回電給她交待，搞得她心情煩躁，得吃更多的藥與鎮定劑來平撫自己。

她拿起手機，看了栢恩先前傳來關切的訊息。想起最後一次他們的不歡而散……其實也沒那麼糟糕，她知道他心裡還有她，否則也不會轉發那則新聞給她了吧。

但為何最近會常想起栢恩？智琪也不明白。雖然極力排斥去想，但是人到異地之後反而想起了過往，甚至早年的許多事來，這些事只讓她感到現在的自己更加空虛。

智琪內心掙扎，雖然知道對方還關心著她，也彷彿知道，只要她願意，他會原諒她。但是……

她不願意認輸，這等同於在否定她一直以來努力信仰的一切都是錯的。

她也不想認錯，如今的自己已經不是以前的智琪了。

她拚命說服現在的是更好的自己。

終究是跨不過自尊的這道門檻。

過沒多久，智琪發現自己被台灣註銷國籍了。以後要回台灣只能以中國人民身分進出。但現在她連出省文件都難申請，何況是出國。

沒幾天，連她在中國的各種福利與特權也接連莫名其妙的被取消。先前逢低掃貨，大量投資的房地產，貸款優惠瞬間被打回與當地人同等的高利率，限期償還，一夕之間，止資產成了大量負債，難以拋售。
她求助經紀公司，公司的人推拖打發，她求助與她相好的那幾名地方官員，全不接她電話，唯一接起她電話的那個油膩乾爹，只說要她安心，會替她想辦法，從此再也打不通電話。
她的頻道也瞬間冷卻，粉絲雪崩下跌，她才知道原來連粉絲都是假的，只剩幸災樂禍的網路酸民是真的。
她求助無門，憤而在網路上實名舉報，控訴不公，結果帳號被封禁。隔沒一天公安部的人便找上門來，警告她老實點別鬧事。那粗暴的態度像是對待低等人民，逼迫她公開直播向國家道歉，說中國好。
她被迫搬離了別墅豪宅，轉租一間小套房裡，銀行裡的所有積蓄瞬間成空，彷彿這些日子辛苦賺來的只是一個輕易就能被歸零的數字而已。
智琪痛哭失聲。她好想離開這裡，但是她已經回不了台灣了。
為了求生路，智琪只好重起爐灶，直播吃播帶貨。
吃的是什麼成分的東西，自己也不清楚。
終於吃壞了肚子，痛到必需就醫才行。
她想趁這機會再做場直播，宣揚中國醫療的先進，以博得當局對自己還有利用價值的重視。
但是她卻不知道，這會是她人生中最後一場直播。
智琪在急診室中打了點滴，終於緩解腹部的疼痛。

她昏昏沉沉中看著兩名醫生拿著她的抽血報告商討。

「是台灣來的，沒打過咱的疫苗。」

「這個好。新鮮的。」

「肝要不要？一起做。」

「給羅醫生打個折扣吧。」

智琪聽不懂這兩個醫生在商討什麼，只見幾名護理人員走來，告知她得做個手術才行。

「做什麼手術？」

那些人沒有回答她。

她寒毛直豎，這是一個熟悉的流程模式，智琪聽說過這個，知道了自己遇上了什麼事。

她被配對成功了。

她將手機收進懷裡，偷偷開著直播的連線，試圖來自保。

再次的斥聲問他們，「做什麼手術？」

那些醫護人員不顧她的反對，過來將她綁在病床上，任由她大聲呼喊，四周病人及其他醫護工也只是冷眼旁觀，目送她連病床一起拉走。因為那也不關他們的事。

那些人將她搬上冷冰冰的手術台上，她被堵住了嘴，赤身露體，四肢和身軀都被緊緊束縛住，喊不出聲也動彈不得。

有人發現了她的手機。

「哦，她還在直播？」
她努力發出「嗚嗚」的求救聲。
他們便將她的手機立掛在一旁，線上僅剩幾千人觀看，大多會留下來繼續追蹤她的只不過是在看她還能搞出什麼花樣，對她嬉笑怒罵看好戲的心態而已。而院方也毫不避諱的讓鏡頭對著手術台上的智琪。
智琪，下不了車了。
驚恐與絕望爬滿她的雙眼，看著那把手術刀，從她的胸口劃下。
沒有麻醉，若打麻醉會影響器官的品質。得趁人活著，還新鮮的時候，將器官一個個活生生血淋淋地摘除。

十一、離不開故鄉

小李出國後沒再聯絡蛇仔，音訊全無。
小李應該還在生氣吧。
蛇仔心想，或許以後小李會明白他留下來的理由。還是等下一次小李回台灣的時候，他跟他解釋清楚。
蛇仔在家裡的麵店幫忙，辛苦踏實，雖然現在時局不明，未來的事也難料，但是他沒後悔自己的選擇。

一日，蛇仔的手機出現小李發的定位訊號，他以為小李回台灣了，立刻打電話過去，接聽的是陌生中國口音的男子。

他不是小李。蛇仔在意識到這件事時，對方將手機掛斷。

之後，一連幾天定位在都同一個位置，蛇仔心中預感不好，忍不住動身去找小李。依循著手機定位，來到親中市的港邊，蛇仔憑著那股讓頭皮發毛的直覺，終於發現了小李的浮屍。

小李赤裸的身體全都是傷，兩掌的手指全被一一截斷，像個破爛的人體模特兒般的浮在水面上，微張著眼恐怖蒼白。

警方接獲蛇仔的報案後，現場立刻拉起封鎖線，初步推測小李死亡多日，因屍體浮腫程度嚴重，死因還得透過屍檢才能確定。

蛇仔以關係人接受了警察的筆錄，也才從中知道小李根本沒有去中國。在之前與小李通話沒多久後，小李被詐團的人盯上，一路躲藏追殺，意圖用偷渡的方式坐船逃出國，結果沒逃成功，成了一具浮屍。

蛇仔既悲傷又恐懼，想來慶倖自己沒有與小李一起分贓那筆錢財，要不然現在自己也許也跟小李一樣了吧。

當初沒收那筆錢只是單純的認清，再多錢珮恩也不會回來而已。蛇仔感慨不已，一直被他視為幸運的小李，最後竟是這樣的下場。

他前兩天還問父親怕不怕中共入侵，也試探性的問辦理中國身分證來保平安的意願。他心裡其實很怕智琪說的事會成真，他以前都不怕的，但是現在牽掛家人卻會怕了。

父親當時臭譙了幾句髒話後說：

「恁北台灣人，你要我去作共匪？頭殼壞去。要死也要死在台灣，做有尊嚴的鬼，也不作中共統治下的狗。跟著中共做狗的沒一個有好下場。」

回程的路上，蛇仔遇見路邊又是那個什麼護國聯盟的宣傳活動。最近加入這個活動的人愈來愈多，到處都能看見他們在街頭揮舞著國旗與台灣旗設立的連署活動。

蛇仔在人群中的一個人影，是那個留學青年，他坐在輪椅上，手舉著招牌，看起來精神好了許多，只是行動不便也不能言語。

蛇仔站在對面的騎樓下，看著他們在街頭豔陽高照下，滿頭大汗，賣力的對人潮宣講。他看了很久，也在之後跟了他們幾場活動。但他始終不敢靠近那名留學青年。

有三個連盟的人察覺他這幾次可疑的存在，主動跑來。

「先生，可以幫我們簽名連署嗎？」開口詢問的是一個約大學年紀的女孩。

「這能幹嘛？」蛇仔問。

女孩說，「我們要把賣台的親共政客趕下台，阻止他們再繼續癱瘓我們的國家。」

「簽名有用嗎？」

她也不太肯定，「我只能說，現在很緊急，這是我們最後一次用文明的機會奪回國家了。」

蛇仔在她的眼中看見對未來的擔憂，那雙眼睛像是在每次搞砸事情之後，珮恩對他失望又擔憂的神情。

蛇仔想起小李生前說，這些垂死掙扎的人都搞不清楚狀況，搞那些沒用的運動只是在激怒中國。蛇仔問他們，不怕激怒會中共引發戰爭嗎？

連盟的中年男性說，「我們什麼都不做才會引發戰爭。沒有狼因為羊乖乖的就不吃牠的道理。過去我們一再忍讓，只是讓中共抓到機會軟土深掘，現在國家才會演變成這樣。」

他身旁的女伴說，「就算要開戰，我也不怕，我會第一個衝到前線去。」

「你們女生又不會打仗，到前線幹嘛？」男子問她。

「我們可以當肉盾啊，減緩他們進攻速度，讓你們會打仗的人有更多時間準備啊。」

她轉過來對蛇仔說，「年輕人，不用怕，我們會跟中共對抗到底，直到這個土地上再也沒有自由的靈魂為止。」

蛇仔想起珮恩沒上的那班飛機，她說想留下來，她喜歡台灣，但是最後還是被家人強帶出國。

如果台灣沒有戰爭的威脅，沒有那些意圖入侵的境外勢力，珮恩也就不會離開台灣了，那他們現在會是怎樣的光景？

蛇仔接過筆，寫下了自己的名字。這一次，他發現自己是個有名字的人，有專屬的國家身分證字號、有地址，有家。

他簽完後，看了對街坐在輪椅上的留學青年。旁邊的夥伴關心青年的身體狀況，但青年仍堅持繼續舉牌宣揚。

他仍感到自己無能為力。

這時又有一群奇怪的黑衣人、紅衣女、敬老黨的老人陸續來鬧事。那一看就知道是統促組織派來的人，他們叫囂的口徑一致，像是訓練有術的鬧場專家，就連警察處理他們都得再叫上支援。

他離開後，又走回來，停在連署的行動攤位上。

開口吱唔的說，「我……只有高中學歷，可以當你們的志工嗎？」

就算台灣只有兩千三百萬人，國土又只是彈丸之地，但這是他承載人生與情感的地方。就算戰到最後一個自由的靈魂倒下，也要把未來還給下一代，他覺得這個夢想很棒。

他也想跟阿爸年輕的時候一樣，有機會留下一個值得說出來的故事說給他未來的孩子聽。

蛇仔終於找到了自己身而為人的價值。那就是要活得像個人，要做個挺直腰桿，堂堂正正有尊嚴的台灣人。

國家圖書館出版品預行編目 (CIP) 資料

《零日攻擊》改編小說 / 海德薇, 李奕萱, 四紘, 浮靈子作，劇本原創 / 鄭心媚、蘇奕瑄、許世輝、丁啟文、鄭婉玭、黃鵬仁、林志儒作 . -- 初版 . -- 新北市 : 黑體文化, 左岸文化事業有限公司出版 : 遠足文化事業股份有限公司發行, 2025.09
面； 公分 . -- (白盒子)

ISBN 978-626-7705-81-0(平裝)

863.57 114011189

黑體文化 讀者回函

灰盒子 19

零日攻擊 改編小說

小說作者 · 海德薇、李奕萱、四紘、浮靈子｜**劇本原創** · 鄭心媚、蘇奕瑄、許世輝、丁啟文、鄭婉玭、黃鵬仁、林志儒｜**照片提供** · 零日文創股份有限公司｜**責任編輯** · 龍傑娣｜**美術設計** · 林宜賢｜**出版** · 黑體文化 / 左岸文化事業有限公司｜**總編輯** · 龍傑娣｜**發行** · 遠足文化事業股份有限公司（讀書共和國出版集團）｜**地址** · 23141 新北市新店區民權路 108 之 3 號 8 樓｜**電話** · 02-2218-1417 ｜**傳真** · 02-2218-8057 ｜**客服專線** · 0800-221-029 ｜**客服信箱** · service@bookrep.com.tw ｜**官方網站** · http://www.bookrep.com.tw ｜**法律顧問** · 華洋法律事務所 · 蘇文生律師｜**印刷** · 中原造像股份有限公司｜**初版** · 2025 年 9 月｜**定價** · 380 元｜ **ISBN** · 9786267705810 ｜ **EISBN** · 9786267705773（PDF）· 9786267705766（EPUB）｜**書號** · 2GWB0019 ｜